だからおまえは嫌われる

岩本　薫

幻冬舎ルチル文庫

CONTENTS ✦目次✦

だからおまえは嫌われる

✦カバーデザイン＝KIKURO
✦ブックデザイン＝まるか工房

イラスト・九號✦

だからおまえは嫌われる

「今……なんとおっしゃいましたか、専務。——写真集？」

　チャコールグレイのシングルブレステッドスーツの背筋をぴんと伸ばし、奥村《おくむら》はおもむろに問い返した。

「そう、写真集。写真集を作りたいんだよ、奥村くん。九月に執り行われる予定の、我が社の五十周年記念式典で、お客様に配る写真集をね」

　革張りの椅子《いす》にふんぞり返った専務の倉田《くらた》が、中年太りの腹を揺すりながら言い放つ。

　そのいかにもほんのついさっき思いついた——といった唐突《とうとつ》な要望が、のちのち自分の運命を大きく狂わせることになろうとは、この時点の奥村靫也《ゆきや》が知る由《よし》もない。

　ただ見栄っ張りの上司がまた面倒なことを言い出したと、すっきり整った貌《かお》の秀麗な眉《まゆ》をわずかにひそめただけだった。

「写真集……ですか」

　奥村が籍を置く【白美《はくび》ユニフォーム】は、その名が表すとおり、ユニフォームを製造販売している中堅企業だ。業界一のシェアを誇り、とりわけ『白衣なら白美』との評判も高いが、来る九月に予定されている五十周年記念式典と写真集がどう結びつくのか。

「大きな会社によくあるだろう。社の歴史なんかをまとめたものが」

「ああ、社史ですか」

　重厚な木製のデスクの上の書類を落ち着きなくパラパラめくりつつ、倉田が言った。

「そう、それだ。そろそろうちにもそういったものがあってもいいんじゃないかね」

「しかし、正直に申し上げて我が社はまとめるほどの社史は……会社概要は別にありますし」

白皙《はくせき》の面《おもて》を伏せた奥村が、ひかえめに否定しかけた時、

「だからこそ、写真集なんじゃないか！」

倉田が身を乗り出してくる。

「昨夜ふっと閃《ひらめ》いたんだ。最近アート系の写真集が流行《はや》っているだろう」

『アート系』などという似合わない単語を口にする上司に違和感を覚えた瞬間、とある映像が奥村の脳裏《のうり》に浮かんだ。昨夜、見るともなしに見た深夜の情報番組だ。ネットで人気のアイドルの写真集と抱き合わせで、『若者に大ブーム！　アート系写真集』という特集が数分流れていたのを苦々しい気分で思い出す。

「業界のリーダーとして、創業五十周年というこの節目にこそ、新しいことにチャレンジすべきだ。違うかね？」

鼻息荒く断言する倉田から、奥村はさりげなく目線を外した。伏せた顔の陰で、切れ長の双眸《そうぼう》をすっと細め、心の中で番組制作者を罵《ののし》る。

（……余計な情報を垂れ流しやがって）

直後、頭の左側がズキズキと痛み出した。持病の偏頭痛《へんずつう》だ。

「つまりだね。私が言いたいのは、写真で我が社の歴史や業績を綴《つづ》るっていうアイデアはど

うかという……」

「素晴らしいアイデアだと思いますよ！　さすが専務」

すかさず、それまでは部屋の片隅で息をひそめていた営業部長の近藤《こんどう》が合《あい》の手を入れた。

今にもスリスリと揉《も》み手をしそうな小男を鋭い一瞥《いちべつ》で牽制《けんせい》してから、奥村は「たしかに」と、硬い声を差しはさんだ。

「発想としては素晴らしいと思いますが、いかんせん時間がありません。二ヶ月後の式典に間に合わせるとなれば、かなりタイトなスケジュールになりますし、クオリティもそれなりになってしまう恐れがあります」

「そこできみの出番だ。先代の懐《ふところ》刀《がたな》だったきみならできる。キレ者秘書のきみならね」

「…………」

倉田の嫌みな口調《くちょう》に、奥村は端正《たんせい》な唇を嚙《か》みしめた。

創業者である先代が亡くなったのは半年前。

現在は最年長の取締役が社長職を代行しているが、九月の五十周年式典の開催を機に、婿《むこ》養子の倉田が社長に就任することが決まっていた。

圧倒的な存在感と独自の経営理念を持ち、一代で新宿の一等地に自社ビルを建ち上げたカリスマ創業者は、人間的にも非の打ちどころのないすぐれた人格者だった。――強いて欠点を挙げるとすれば、ひとり娘の夫の選択を誤ったことだろうか。

学歴と家柄だけは申し分のないその婿どのが、不自然なほどに胸を反《そ》らして告げる。

「社の半世紀の軌跡を編集する大切な仕事だ。先代のためにも、創業者の名を辱《はずかし》めないクオリティの写真集を完成させてくれ。きみの責任においてね」

先代を持ち出せば、奥村が引き受けざるを得ないことを知った上でのしたり顔。ゴルフ灼《や》けしたそれを一瞬きつい目で見据《みす》えたのちに、奥村は無表情に一揖《いちゆう》した。

「……わかりました。全力を尽くします」

本来、写真集の製作など自分の仕事の領分ではないし、ノウハウもなければその方面にコネもない。畑違いの無理難題とわかっていても、それでも引き受けるしかなかった。

十年前——二十二の年、定職もなく刹那《せつな》的な日常を送っていた奥村は、ふとした縁で先代と知り合い、荒《すさ》んだ生活から引き上げてもらった。

物心がつく前から養護施設で育ち、十代の終わりには同じような境遇の仲間とつるんで、いっぱしのチンピラを気取っていた。生きるための術《すべ》とはいえ、窃盗《せっとう》、恐喝《きょうかつ》など、ひとわたりの悪事に加担していた社会的落伍者《らくごしゃ》。彼に拾ってもらわなければ、今ごろは前科のひとつやふたつ、付いていただろう。

だが、先代との出会いが奥村を変えた。

彼は、高校もまともに出ていなかった奥村に大検の資格を取らせると、さらに大学へ通う費用を負担してくれた。大学の夜間部に通いながら、昼は先代の付き人として働き、卒業後は白美に正式入社した。肩書きは社長室付き秘書。

入社後、寝食を除くすべての時間を仕事に充《あ》てた奥村の献身は、すぐに社内で有名になり、数年後には『白美に奥村あり』と、業界全体にまで知れ渡るようになった。

表向きは、立ち居振る舞いはもとよりスケジュール管理も完璧《かんぺき》な秘書の鑑《かがみ》だが、ひとたびトラブルが発生すれば、裏で荒っぽい連中とも対等に渡り合う。『おまえを私の片腕に育てる』と明言した先代の言葉どおり、いつしか奥村の仕事は一介《いっかい》の秘書の立場を超えていた。

『社会のダニ』から『キレ者秘書』への転身は、先代との出会いなくしてはあり得なかった。その先代の愛した白美を、代が変わっても支え続けたい——という奥村の忠義心は、しかし当の倉田には疎《うと》ましいらしい。

先代という抑止力《よくしりょく》が消えてから、倉田はすっかりタガが外れてしまった。都内のマンションに女を囲ったのを手始めに、日を追って態度が横柄《おうへい》になり、半年が過ぎた今では自分に媚《こび》へつらう連中ばかりで脇《わき》を固めて王様を気取っている。正式な就任は二ヶ月後とはいえ、ボスとしての実権はすでに彼が握っているので、形ばかりの社長代行も逆らえない。

そんな中、ただひとり意のままにならない奥村が煙《けむ》たいのだろう。特に腰巾着《こしぎんちゃく》の近藤とつるむようになってからは、露骨に奥村を避けるようになってきた。

この写真集の件にしても——手がけるとなれば完成までの二ヶ月間、奥村は従来の秘書の仕事を棚上げして専念することになるから——要は、体《てい》のいい厄介《やっかい》払いだ。

（よほど嫌われたものだな）

嘆息《たんそく》を隠してもう一度一礼し、踵《きびす》を返しかけた奥村を倉田が呼び止めた。

「写真集のフォトグラファーだがね。やはり作るからには一流の人間に頼みたい」

嫌な予感にわずかに眉根を寄せた奥村は、倉田が寄越したA４サイズの紙を受け取り、目線を落とす。何かの雑誌からコピーしたものなのか、紙面には、作品らしき写真が数点と簡単なプロフィールが数行並んでいた。

「彼が今、若手では一番人気のフォトグラファーらしい」

彼？

もう一度視線を戻して名前を確認した。入間《いるま》亘《わたる》——どこかで聞いた名前だ。

「とにかく若者に絶大な人気で、彼の手がけた写真集はああいったアート系の本の中では異例の売り上げだそうだ。最近はテレビや雑誌でもかなり露出している」

その言葉で思い出した。

昨夜の番組内で新進気鋭の写真家の一番手として作品集が紹介されていた男だ。

本人は出てこなかったが……たしかモデルとの噂《うわさ》が絶えないだとか左腕のタトゥがトレードマークだとか仇名《あだな》は『暴君』だとか、それでもスケジュールは数年先までつまっているとか……とか。

番組でおもしろおかしく披露されていたエピソードを思い出すにつれ、頭の左側のズキズキがひどくなる。

ただでさえ時間がないのに、こんな札付きを起用したら、絶対に間に合わない。

紙面から顔を上げた奥村は、おもむろに口を開いた。

「この方にお願いするのは少々難しいのではないかと思われま…」

しかし、すべてを言い終わる前に遮られる。

「彼がいい」

「……せ」

「彼にしてくれ。彼でなくちゃ駄目だ」

頑是《がんぜ》ない子供のような物言いに、ひくっとこめかみが引きつった。

「専務……っ」

「奥村くん、専務がこうおっしゃっているんだから。ご希望を叶《かな》えるために最大限の努力をするのが、元社長付き——改め——現専務付き秘書であるきみの役目じゃないのかね」

近藤の当てつけがましい言い回しにそっと両手を握り締める。

「それに、チャレンジする前から尻尾《しっぽ》を巻いて降参というのは感心しないね」

偉そうにのたまわる男の首根っこを摑《つか》んで吊《つ》るし上げたい衝動《しょうどう》を渾身《こんしん》の理性で抑《おさ》え込み、割れるような頭の痛みと闘いつつ、奥村は低くつぶやいた。

「……わかりました。専務のご希望に沿えるよう、最大限の努力をしてみます」

1

入間亘。東京都出身。三十歳。大学卒業と同時に二十二歳で渡欧《とおう》。三年ほどヨーロッパ各地で修業したのち、帰国。以後、ファッション誌・カルチャー誌を中心に活躍し、人気を博す。二年前、CUBEギャラリーにて初個展。記録的な動員数で話題を呼ぶ——。

「写真の腕はバツグンだが、人格・言動に難あり……か」

信号待ちにひとりごちて、奥村は腕時計を見た。八時五十分。夜の九時に打ち合わせというところからしてすでに常識外れだ。

足を踏み入れた青山《あおやま》の骨董《こっとう》通りは、あらかたの店は閉まり、人通りもまばらだった。

初夏の心地《ここち》よい夜風に吹かれながらも、奥村の頭はまったりと重かった。昨夜からずっとパソコンの画面と睨《にら》み合っていて一睡《いっすい》もしていないせいか、いつもより頭痛がひどい気がする。出がけに通常の倍量の頭痛薬を呑《の》んだのだが、あまり効果はないようだ。

(ここからが勝負だってのに)

自分のコンディションの悪さに加え、これから会う男のことを考えると、自然と顔が険《けわ》しくなってくる。気がつくと眉間《みけん》のあたりに張りついている険《けん》を払うように、奥村はスーツの胸許から折り畳んだファックス用紙を取り出した。その書きなぐりの地図にふと、昨夜電話した際の、入間の不躾《ぶしつけ》な応対が蘇《よみがえ》る。

『ユニフォーム屋がなんの用だ？』

押し売りを追い払うがごとく、あからさまに迷惑声を出す相手に、奥村はそれでも懸命に食い下がった。言葉を尽くして事情を説明し、十分、いや五分でもいいから話を聞いて欲しいと懇願すること十五分。

『そこまで言うなら会うだけ会ってやる』

このうえなく横柄な口調で、なんとか事務所訪問のお許しが出る。

顔を見る前から「やっぱり嫌な男」という印象は揺るぎなくなったが、引き受けた以上は最善を尽くすのが奥村の信条だ。

(兎《と》にも角《かく》にもアポは取れた。第一段階はクリアだ)

電話を切るやいなや大型書店に駆け込み、手に入る限りの写真集を掻《か》き集める。次にインターネットを駆使して、入間亘の人となりに関する情報をピックアップした奥村は、そのすさまじく「俺様」で「唯我独尊《ゆいがどくそん》」なキャラクターに戦々恐々とした。

写真界の重鎮《じゅうちん》を『下手の横好き』呼ばわりし、『とっとと引退しろ』と言い放った。自分は天才だと公言してはばからない。担当が馬鹿だと大企業の依頼を蹴《け》った。超売れっ子女性シンガーを撮影現場で泣かせた……などなど、まさに『暴君』の冠《かんむり》にふさわしいエピソードのオンパレード。

それらを重い気分で反芻《はんすう》しているうちに、目的のビルに辿《たど》り着く。気鋭のフォトグラファーというイメージから連想するような、いかにもスカした建物ではなく、意外や築年数もかなりいっていそうな、落ち着いた雰囲気の雑居ビルだ。

「二〇五号室か」

階段で二階まで上がり、廊下《ろうか》の突き当たりまで進む。【入間亘写真事務所】というプレートの貼《は》られたドアの前に立ち、軽く深呼吸。

(何があっても平常心だ)

自分に言い聞かせ、ブザーに手を伸ばしかけた瞬間、ものすごい勢いでドアが外側に開いた。

バンッ!

「………っ」

とっさに身を躱《かわ》した奥村の視界に、マスカラで目の周りを黒く汚した女が映り込む。室内から飛び出してきた女は、ドアの後ろの奥村に気がつかなかった。

(な、なんなんだ?)

平常心は脆《もろ》くも吹き飛び、呆然《ぼうぜん》と立ち尽くしていると、取り澄《す》ましていればそこそこなのだろうその女の顔が、キーッと歪《ゆが》む。

「ブスブスって何よォッ！」

ヒステリックに叫ぶなり、後ろ手で叩《たた》きつけるみたいにドアを閉めた。近所迷惑な衝撃音が鳴り響く廊下を、猛然と駆け出していく。

「……………」

呆気《あっけ》に取られて女を見送る奥村の傍らで、もう一度ドアがバンッと乱暴に開いた。ぬっと骨太の腕が現れたかと思うと、紙袋を振り回す。

「おい、ブス！　忘れもんだ！」

の太い怒鳴《どな》り声に続いて長身の男が出てきた。

金魚柄のド派手なアロハシャツ。洗いざらしのジーンズ。足許は裸足《はだし》に革のサンダルだ。首を伸ばして廊下の先を窺《うかが》い、女の姿がもはやないと見るや、いきなりタイルの壁をガッと蹴り上げる。

「逃げ足だけ速くてどーすんだ、クソブス！　ったく、あの出版社、どんな基準で社員選んでやがるんだ。ブスなうえに無能だぁ⁉　ふざけやがって！」

唸《うな》るような低音の罵声《ばせい》ではっと我に返った奥村は、不機嫌オーラをビンビンに振りまく男の後ろ姿にまじまじと見入った。金魚が涼しげに泳ぐ背中を見つめているうちに、例の武勇伝が脳内リピートしてくる。

――担当が馬鹿だと大企業の依頼を蹴った。超売れっ子女性シンガーを撮影現場で泣かせた……。

（……ひょっとして）

ひたひたと押し寄せる黒い予感に眉をひそめつつ、意を決して声をかける。

「あの……お取り込み中、申し訳ありませんが」

と、男が敏捷《びんしょう》な動きで振り返った。

面と向かい合った男の第一印象は『チンピラ』。

陽《ひ》に灼けた褐色《かっしょく》の肌にくっきりと濃い眉。高い鼻にだらしなくのっかったアンバーのサングラス。そのサングラス越しに、眼光鋭い双眸が透けて見える。不遜《ふそん》に結ばれた口許と、まばらな不精髭《ぶしょうひげ》が浮く頑強そうな顎《あご》。

風貌《ふうぼう》も日本人離れしているが、その体格もかなり規格外だ。厚みのある胸と広い肩幅。高い腰位置と長い手足。奥村自身、百八十にはわずかに欠けるものの長身の部類だが、男はその奥村より確実に五、六センチでかかった。

（この、見るからに凶悪そうな男が……入間？）

このルックスとガタイで聞き及ぶ性格だとしたら――そりゃあ恐《こわ》いものはないだろう。

うんざりするのとほぼ同時、頭上から訝《いぶ》かしげなつぶやきが落ちた。

「なんだ、あんた？」

じろじろと自分を見下ろす無遠慮な目つきに、不快な気分を堪《こら》えて名乗る。

「九時に入間さんとお約束しております、白美の奥村と申します」

「あー、例のユニフォーム屋か」

鷹揚《おうよう》にうなずきながらも、男の執拗《しつよう》な目線は奥村から離れない。初対面の相手の、絡みつくような熱っぽい眼差《まなざ》しに顔が強《こわ》ばりかけた刹那、不意に男が身を返した。ドアを引き開けて奥村を促《うなが》す。

「入んな」

頑丈な顎でクイッと室内を指し示すその男が、九分九厘《くぶくりん》イルマワタル本人であろうと確信を抱《いだ》きつつ、それでも一縷《いちる》の希望にすがって尋ねた。

「あの……入間さんは」

「俺だ」

覚悟していたにもかかわらず、奥村は軽くめまいを覚えずにいられなかった。


事務所の中は一般の住居用と比べて、天井がかなり高かった。

サンダルのまま前を行く入間に倣《なら》い、奥村も靴を脱がずに室内に足を上げる。

「失礼します」

三メートルほどの廊下《ろうか》を行き、開け放たれた扉を抜けると、そこは簡易スタジオらしき白壁のスペースだった。点在する機材を横目にその部屋を横断し、さらに突き当たりのドアをくぐる。ソファやら椅子やら机やらコピー機やらコンピュータやらがところ狭《せま》しと詰め込まれた十畳ほどの空間。どうやらそこが事務所のようだった。

「悦郎《えつろう》。客だ」

入間の呼びかけに、奥のデスクでPCのディスプレイと向かい合っていた若い男が立ち上がる。

健康そうに陽灼けをした、これまた背の高い青年だった。奥村と目が合うと、にこっと人なつっこい笑みを浮かべる。……どうやらスタッフはまともらしい。感じのいい青年にほっとした時、低い声で呼ばれた。

「こっちだ」

打ち合わせ用の椅子にどっかりとふん反り返った入間が、テーブルをはさんで向かいの椅子を顎で指す。二歳年下の男の横柄な態度に、早《はや》くもムカムカするのを堪えた奥村は、会釈して腰を下ろした。

ブリーフケースから名刺入れを取り出す奥村に合わせ、入間もジーンズの腰ポケットを探ったが、取り出したのは自分の名刺ではなく、ひしゃげたマルボロのパッケージだった。

「奥村靫也。……ふーん、専務付き秘書、ねえ」

骨ばった長い指で名刺をつまみ上げ、銜《くわ》え煙草《たばこ》をブラブラ上下させて入間が読み上げる。

その意味ありげな口ぶりに戸惑《とまど》いの目線を向けると、男は口角をいやらしく引き上げた。

「秘書ってぇ字は、なんでか不思議と淫靡《いんび》だよな」

「——は？」

「やっぱアレか。秘書ってのは男女関係なく美人って相場が決まってんのか」

意味不明なことを言いながら、正面から奥村をじっと見つめる。

「美…人？」

「いや、だってあんた男にしちゃ妙に色っぽいじゃねーか。専務の趣味《しゅみ》かと思ってな」

ひくり、と奥村の眉間が疼《うず》いた。

密《ひそ》かなコンプレックスである女顔を揶揄《やゆ》されるだけでも充分腹に据えかねるのに、そのうえ専務の稚児《ちご》呼ばわりをされた日には……憤怒で腹の底がカーッと熱くなる。

憤《いきどお》りに任せ、奥村が目の前のサングラスを半眼で睨みつけるのとほぼ同時、横合いから
「失礼します」と声がした。主《あるじ》に似ず躾のいいアシスタントの青年が、それぞれの前に湯呑みを置く。——その水入りで、奥村はかろうじて平静を取り戻した。

(落ち着け……これは仕事だ。平常心だ)

心の中で呪文を唱えて居住《いず》まいを正し、ブリーフケースの中から書類を取り出す。まだし

つこく自分を見ている入間を無視して、スッと奥へ押しやった。

「電話でお話しさせていただいた件の企画書です。急ごしらえで不備な点もあるかもしれませんが、一応目を通していただけますでしょうか」

「あー、そういや写真集の話だったか」

カチリと煙草に火を点《つ》け、ようやく紙面に目を落とした男に、奥村は企画書の主旨《しゅし》を説明し始めた。

不躾で不遜で、こんなことでもなければまず絶対に近寄りたくないタイプだが、たしかに逸材と言われるだけあって、その写真には、見る者を魅了する独特な『色』がある。

昨夜も企画書の文面を打ち込みながら、資料のつもりで開いた作品集に、気がつくと時間を忘れて見入っていた。

ヨーロッパの各地を回って撮りためたという――初期の作品群。素人《しろうと》の自分に技術的なことはわからないが、すべての写真に『温度』を感じた。それは身を寄せ合うホームレスの体温だったり、無骨な大地に籠《こ》もる熱だったり、過疎化した町に吹きすさぶ風の冷気だったりした……。

作るからにはいいものを作りたい。それには、悔しいけれどこの男の『力』が必要だ。そんな奥村の真摯《しんし》な想いとは裏腹に、説明を聞く入間はあからさまに退屈そうだった。途中で何度もあくびをし、ボリボリ頭を掻く。

露骨に集中力が欠けた男に対して、それでも奥村は精一杯の言葉を尽くした。

「急な依頼であることは重々承知です。そこを押して、どうしても入間さんの力をお借りしたいのです。どうかお願いします」

最後に深々と頭を下げると、入間はフィルターギリギリまで短くなった吸い差しを灰皿にねじ込んだ。背もたれに凭《もた》れて腕を組み、「あいにくスケジュールは二年先までびっしり埋《う》まってる」と、投げやりな口調で告げる。

「……が、こっちの好きにやらせる、つーなら考えてもいいぜ」

「……好きに、とは？」

目の前の男の不遜な顔つきに不穏《ふおん》なものを感じ、用心深く問い返す。すると男は顎を反らし、傲慢《ごうまん》に言い放った。

「素人は余計な口を出すなってことだ。出すのは金だけでいい」

小馬鹿にしたようなその顔つきと物言いにカッと頭が熱くなる。

男の無礼な態度に長く耐えてきたが、忍耐もそろそろ品切れだった。外見からクールと思われがちだが、もとより沸点の高いタイプではないのだ。気がつくと奥村の唇からは、ドスのきいた低音が零《こぼ》れ落ちていた。

「それじゃあうちの本にならない。別にあんたの作品集を作るわけじゃないんだ」

入間の片眉がぴくりと蠢《うごめ》く。

「素人だと思って食い物にするつもりなら、いくら腕が良かろうが売れっ子の先生だろうが、こっちから願い下げだ」

「…………」

半端《はんぱ》なチンピラなら尻尾を巻く、奥村の切り込むような眼差しを入間は動じずに受け留め、やがてにやりと笑った。

「色男なだけじゃなくて気風《きっぷ》もいい、と。加えてオツムも切れるらしい」

何がそんなに嬉《うれ》しいのか、いけ好かないにやにや笑いを浮かべたまま、机の上から拾い上げた企画書をピンと指で弾《はじ》く。

「素人にしちゃよく練られてる。いろんな職種の人間をモチーフにして、そいつらが働く現場をドキュメントで追うってぇ発想は悪くねぇよ。ただし時間的にカラーは無理だ。印刷の色調整が間に合わない。やるならモノクロだな。逆にそのほうが誌面がしまると思うが――ひとつ質問していいか」

眼光を緩めずに奥村はうなずいた。

「あんた、独身？」

こめかみがピクッと震える。

「……それが写真集とどんな関係が？」

「独り身だろ？　指輪してねぇもんなぁ」

「………」

「それだけの器量で独り者ってのは何かやんごとなき理由があるのか？　たとえば女より男がいける口だったり……」

「いい加減にしろっ」

一喝して腰を浮かしかけた奥村の前で、入間が肩を竦《すく》めた。

「そうピリピリするなって。シャレのわからん男だな。これから仕事で組む相方《あいかた》を事前にリサーチしておけば、今後何かとスムーズだろーが」

「仕事で……組む？」

虚《きょ》を衝《つ》かれた表情《かお》の奥村に向かって、入間が鷹揚《おうよう》に告げる。

「写真集、引き受けてもいいぜ」

「本当か？」

半信半疑で確かめた。

「ただし、今入ってる仕事の合間を縫っての作業になるから、相当ハードな強行軍にはなるが」

「それは……もちろん覚悟している」

まだ信じられない気分でつぶやくと、いきなり目の前の男が立ち上がった。

「となると一秒が惜しい。行くぞ」

高みから自分を見下ろし、腕で招く男をぼんやり見上げる。

「行く？」

思わず気の抜けた声が零れた。

「って……どこへだ？」

「朝から一日ロケで腹にろくなもん入れてねぇんだ。メシでも食いながら早速これからの段取りを詰めようぜ」

2

「う……ん」

下半身が軋《きし》むような感覚にせっつかれ、奥村は目を覚ました。

(なんだ?)

四肢が、まるで泥にでもはまったみたいに重だるい。こんな感覚は今まで覚えがなかった。

……特に、股《また》の間が疼くみたいにヒリヒリ、シクシクと痛む。

覚醒《かくせい》に伴い激しくなってきた痛みに眉をひそめ、奥村は横たわったまま薄目を開けた。

(………?)

目の前に彫りの深い貌があった。――知らない男の顔だ。無防備に眠りこけている。

なめし革みたいな浅黒い肌。日本人にしては造りが立体的で、すべてのパーツが大きい。

くっきりと太い眉。高い鼻梁《びりょう》。大きくて肉感的な唇。頑丈そうな顎にはまばらな不精髭。

――髭?

そこで奥村はついと眉根を寄せた。その髭のチクチクとした感触が妙なリアリティを持って蘇ってくる。しかも体中のそこかしこで……。

首筋とか脇腹とか太股《ふともも》の内側とか。

——太股？

思考の流れでブランケットの中へ手をそっと伸ばしてみた。指先が触れた感触にビクッと肩が震える。裸だ。……しかも下着すらつけていない全裸だ。

次《つ》いで、目の前の見知らぬ男の、ブランケットからはみ出ている褐色の肉体を、横目でこわごわ追ってみる。無造作《むぞうさ》に投げ出された上腕には、単色のタトゥ。アリのような触角を持つアメコミ風のキャラクターがカメラを構える図柄から視線を移動して、うっと息を呑んだ。

硬く引き締まった男の尻《しり》が目に入ると同時、闇雲《やみくも》に不安が込み上げてくる。

（なんでふたりして素《す》っ裸《ぱだか》なんだ？）

奥歯を嚙みしめ、漠然とした恐怖心に耐えていると、男が「う、ん」と身じろいだ。色素の薄いまつげがふわふわと揺れる。

「………」

瞬《まばた》きのあと、目蓋《まぶた》の下から現れた男の瞳《ひとみ》は薄茶だった。陽の光に反射して少し緑がかっても見える。

きれいだと思った。

恐いくらいに澄んでいて……見つめていると吸い込まれそうだ。

状況も不安も忘れて思わず見惚《みと》れた――次の瞬間、不意打ちのように太い腕が伸びてきて、奥村は男の広く厚い胸に抱き込まれた。

大型獣を思わせるゆったりとしなやかな反転で自分を組み敷いた男が、榛《はしばみ》色の双眸で、じっと見つめてくる。男前と言いきってしまうには少しクセの強い顔を、奥村はぼんやり見上げた。

「………………」

とにかくまず、この男が誰なのかを思い出そうと鈍い思考を巡《めぐ》らせかけた直後、当の男がまるで愛撫《あいぶ》のようにスリスリと頬《ほお》ずりをしてくる。

（……ひっ）

髭が頬にジャリジャリと当たる感覚に、ゾゾゾッと背筋に怖気《おぞけ》が走る。もはや目を見開いて放心している場合じゃなかった。

「放せっ！」

突然暴れ出した奥村に驚いたらしく、男が腕の拘束を解く。すかさず奥村は男の下から逃れ、尻で這《は》うようにして男から離れた。

「いきなりどーしたんだよ？」

かすれた低音で問いかけてくる男は、少し離れて見れば、腹立たしいほどにガタイがよかった。

なだらかに隆起した褐色の腕。筋肉が硬く張りつめた胸板と、見事に割れた腹筋。その体格に見合った野性的な貌をきつく睨みつけ、奥村は噛みつくように怒鳴った。

「おまえこそ誰だ！」

「誰って……あんたこそ寝惚《ねぼ》けてんのか？」

寝乱れた髪を雑に掻き上げ、眉をひそめた男が、ふと合点《がてん》がいったように「あー」とつぶやいた。

「サングラスしてねぇからか。俺だよ。入間だよ」

「入間？　というとフォトグラファーの？」

大声を出したせいで痛み始めた頭を押さえつつ、奥村は聞き返す。すると入間が呆《あき》れたみたいに片方の眉を持ち上げた。

「おい……まさか昨日のこと、全部忘れたってんじゃねぇだろうな」

「昨日？……そもそもここはどこだ？」

「青山の俺の自宅マンションの寝室。って、マジで覚えてねぇのかよ？　あんなにノリノリで抱かれたくせに」

「だっ……抱か……？」

絶句する奥村の顔を数秒見つめていた入間が、くっと眉間に縦じわを寄せた。「マジかよ？」と天を仰《あお》ぐ。

「自分から俺の上に乗って腰振りまくってたじゃねぇか。明け方までさんっざん絞り尽くされて、おかげでこっちのタンクは空《から》っぽだぜ？　もう逆さに振っても一滴も出ねえ」

「ふざけるなっ」

下品窮《きわ》まりない言いがかりを怒鳴りつけようとした瞬間だった。突如脳裏にフラッシュバックした衝撃映像に、奥村は半開きの唇を唐突に閉じた。

──あっ、ああっ……いいっ。

男の上に馬乗りになって髪を振り乱し、あられもない嬌声《きょうせい》をあげている自分。硬い凶器を奥深く呑み込み、男の逞《たくま》しい腰に足を絡ませ、「もっと、もっと」とせがんだ自分……。

乱れ、よがる自分の痴態が次々と蘇るにつれ、頭痛に加えて、胃が捻《ねじ》れるような感覚がひどくなってくる。

（う…そ、だろう？）

できれば否定したい。

だが、尻の間に何かがはさまっているような違和感、さらには全身の気怠《けだる》さと裏腹のある種の爽快感《そうかい》が、男の言葉が事実であることを裏づけていた。

「……うっ」

認めたとたんに爽快感はふっ飛び、代わって鳩尾《みぞおち》からぐぐっと熱い液体が込み上げる。たちまち喉許《のどもと》まで迫《せ》り上がってきた。

「ノリノリのわりにはあそこはギチギチに狭くてなぁ。……いや、中はトロトロに熟《う》れてて最高だったけどな。俺は男は十五年ぶりだったが――あんたまさか、あれだけケツで達《い》っておいて初めてってこたないよな？」

にやけ面《づら》の問いかけに、誰がノリノリだ何がトロトロだ！　と怒鳴り返すどころじゃない。

パクパクと口を開閉し、のっぴきならない状況を伝えようと、喘《あえ》ぐように訴える。

「……イレ」

「あ？　なんだ？」

「……トイレッ！」

奥村の形相《ぎょうそう》に、さすがに切迫したものを感じたのか、入間があわててドアの外を指さす。

「廊下出てすぐ右のドアだ」

開くなりベッドを駆け下りた。左手でブランケット、右手で口許を押さえ、まろぶように廊下へ出る。ドアを開けて陶器の便器に駆け寄った奥村は、便座を持ち上げるのももどかしく吐いていた。

「げっ……うげっ……げ――っ」

何度リバースしても胃の痙攣《けいれん》が治まらない。

ようやく落ち着いたのは、胃液すら出なくなった頃。

トイレの壁にぐったりと凭れかかり、涙目ではぁはぁ……と息を整えながら、脳裏に昨夜の記憶が蘇ってくる。

青山の事務所から入間の行きつけのバーへと場を移し、写真集の打ち合わせをしつつグラスを重ねた。酒が入るほどに熱く語り、異常なピッチで呑み続ける入間に、つい意地でペースを合わせているうちに――いつしか意識を失ってしまったのだ。

酒は強いほうだと過信していたが、徹夜明けのバッドコンディションで、通常よりも多めの頭痛薬を胃に入れていたのがまずかったのか。

だからといって男に。しかもよりによってあんな男に抱かれるなんて。

(一生の不覚)

取り返しのつかない事態に奥歯をぎゅっと嚙み締めていると、背後から神経を逆撫《さかな》でする低音が聞こえてきた。

「目覚めのチューも朝エッチもなく、いきなりゲボかよ。色気ねーなー」

「………っ」

バッと振り返った視界に、シャツを羽織《はお》っただけの入間が立っている。その、いけしゃあしゃあとした面構えを見たとたん、ふつふつと怒りが込み上げてきた。拳《こぶし》をぐっと握り締めた奥村は、入間に殴りかかった。

「貴様っ!!」

だが、腰に力が入らない拳はむなしく空《くう》を斬《き》る。奥村のパンチを手のひらで楽々とキャッチした入間が、ふてぶてしい笑みを浮かべた。

「言っておくが、昨夜はあんたが誘ったんだぜ？」

「なんだと⁉」

いきり立ってみたものの――。

入間の台詞《せりふ》が嘘《うそ》でないことは、悲しいかな、自分でもわかっていた。

自ら男のアロハシャツのボタンを外し、その硬い首筋を引き寄せた――。うなじに落ちた入間の熱い息遣《いきづか》い。『来いよ』と誘った自分の声を覚えている。信じたくはないが記憶がある。

今日ばかりは、人より少しばかり出来のいい記憶力を呪《のろ》いたかった。

できれば、入間もろとも昨夜の自分を地中奥深く埋めてしまいたい。

（けどな……だからといって）

「誘われたからって男と寝るか、普通⁉」

持って行き場のない憤りを持て余し、奥村は男の手をパシッと振り払った。

「俺が正気でないことぐらいわかっただろうがっ！」

奥村の激高《げっこう》に、入間がしれっと肩を竦める。

「わかっててもなぁ。あんな壮絶に色っぽい顔でおねだりされちゃあ理性も吹っ飛ぶって。俺、あんたみたいな顔好みなんだよ。クールビューティ系に弱くてな」

頭を掻き掻きつぶやいた。

「初恋の相手がやっぱりあんたみたいなタイプだったんだが、そいつにはこっぴどく振られて、昔っからナイーブだった俺は心因性のＥＤへまっしぐら。――ま。そいつには振られるし女は抱けないしで、しょーがなく写真に打ち込んだ一年が今現在のビッグな俺の礎《いしずえ》になっているわけだから災い転じて福となるっつーかなぁ」

しんみりと語る、ナイーブと言うよりはザイルに近い神経の持ち主を、奥村は氷のように冷ややかな眼差しで射貫《いぬ》いた。

「……くだらない思い出話をしている暇《ひま》があったらパンツくらい穿《は》け。自慢げにブラブラさせるな。見苦しい！」

吐き捨てると、入間が心外そうに口を尖《とが》らせる。

「昨夜はこいつを両方の口でしゃぶりつくして、デカいって大喜びだったじゃねぇか」

（この野郎……っ）

奥村が投げつけたトイレットペーパーは、ひょいと躱した入間の後ろの壁で跳ね返り、真っ白なループを廊下いっぱいに描いた。

チンピラな上に男も女も一緒くたの節操ナシ。コンビを組むのにこれ以上なく最悪な相手だ。――が、仕事は仕事。無事写真集が仕上がるまでは、どんなに嫌でも行動を共にするしかない。

シャワーを浴びたせいか少し体が楽になった。さらに衣服を身につけたことで、奥村はようやく本来の自分を取り戻しつつあった。

ネクタイを詰びながら、今後いっさい入間には気を許さないと心に誓う。……もちろん体もだ。自分の容姿がその手の嗜好《しこう》の男たちの興味をそそるらしいことは、幼い頃から薄々気がついていたが、奥村自身は性的にノーマルで、むろん二度と――たとえ何億積まれても男と寝るつもりはなかった。

薬とアルコールで意識が飛んでいたとはいえ……慚愧《ざんき》に堪《た》えない失態。だが、やってしまったことは仕方がない。三十二年も生きていれば一夜の過ちくらいある。肝心《かんじん》なのは事後の処理だ。

すっきりと引き締まった痩身《そうしん》にスーツの鎧《よろい》をまとい、癖のない黒髪をピシリと撫でつけた奥村は、クルリと振り返るなり宣言した。

「はっきりと言っておく。昨夜のことはアクシデントだ。不慮の事故だ。おまえが酔って意識のない俺に卑怯《ひきょう》にも無体《むたい》を働いたことは忘れてやる。だからおまえも昨日のことはきれいさっぱり記憶から消し去って、今後はビジネスライクに徹しろ。――いいな」

一気に畳みかける奥村の前で、入間は床にくたっと落ちていたジーンズを拾い上げ、下着もつけずに長い脚を入れた。「よっ」と反動をつけて立派なイチモツを仕舞い込み、ファスナーを上げると、ベッドヘッドに引っかかっていたTシャツを鷲掴《わしづか》む。頭から乱暴にかぶって、寝乱れた髪をガシガシ掻き上げた。次に顎に手をやり撫でさする。

「どう思う？——剃《そ》り時か？」

顔を向けて問われた奥村が憮然《ぶぜん》と横向く。

「俺に訊《き》くな」

「あんたもけっこう痛がりつつ悦んでたしな。……もうしばらく伸ばすか」

「だから忘れろっ」

叫ぶ奥村を無視した背中が、洗面所へ消える。ほどなく髭以外はさっぱりした顔で戻ってきた。床に散乱した雑誌やら衣類やらをガシガシ踏みつける部屋の主を横目で見やりながら、奥村の口から呆れた声が零れる。

「しかし……ひどい部屋だな」

こんなゴミ溜《た》めのような部屋で一夜を明かしたのかと思うと、いまさら背中がむず痒《がゆ》くなってくる。無意識に首筋を掻く奥村の一メートルほど先で、何を求めてか、入間は檻《おり》の中のクマよろしくうろうろと室内を徘徊《はいかい》していた。

「そういやひと月前に女が出ていって以来、掃除《そうじ》してねぇな。事務所はアシスタントがやるからいいんだがこっちはなぁ。――おい、そっちに俺のサングラス転がってねぇか。その椅子の上とか」

「自分でなくしたものは自分で探せ」

「時間がねぇんだ。遅刻しそうなんだよ」

「なんで俺が」

ぶつぶつ零しながらも渋々と、地層のごとく衣類が積み重なった山を探った奥村は、指先が触れたワイヤーらしきものを摘《つま》んでぐいっと引っ張り出し、鼻先に掲げた。

黒いレースがふんだんにあしらわれた透《す》け透《す》けのブラジャー。

むっと渋面《じゅうめん》を作って持ち主不明のブラジャーを放り出すのとほぼ同時に、「あった、あった」という声が後方であがる。アンバーのサングラスをかけて身仕度を完了したらしい入間が、ふと奥村を顧《かえり》みた。

「――で？　なんか言ったか」

せっかくの力説をまるっきり聞いていなかったらしい男に、奥村は力なく肩を落とした。

「……もういい」

こんな動物のような男にまともな『けじめ』を求めた自分が馬鹿だった。内心で苦々しく舌打ちしていると、入間が奥村の肩をぽんと叩く。

「安心しろって。俺だってプロだ。公私混同はしない。仕事は仕事できちんと一線引くさ」

生真面目な面持ちで請け負う男を、意表を衝かれた気分でまじまじと見つめる。

肉感的な唇をにっと左右に広げ、初めて人好きのする笑顔を見せた入間が、ジーンズのポケットから車のキーを取り出した。

「あんた、今日、会社は？」

「定時には間に合わないが、もちろん出社する」

「俺はこれから銀座《ぎんざ》で打ち合わせなんだが、よかったら送っていくぜ」

やさしい声の申し出に、じわじわと瞠目《どうもく》する。

……なんだ。人並みの気遣いもできるんじゃないか。これならこっちの仕切りによっては、そこそこ上手《うま》くやっていけるかもしれない。

「いいのか？」

ほのかな希望を胸に抱いて確かめると、鷹揚なうなずきが返った。

「昨夜ケツ使いすぎてダルいだろ？　一応傷つけねぇようには気を遣ったんだが……にしたって抜かずの三発はキツかったよな。いくらあんたが俺を銜《くわ》え込んで離さなかったからっ……痛《て》ーっ！　なんでいきなりスネ蹴ってんだっ」

「自分の胸に聞けっ！」

3

入間亘という男、人間としては最低最悪だが、仕事はできる。

ドキュメンタリータッチの写真集なのでモデルはすべて素人。臨場感を出したいという入間の要望もあり、実際に仕事をしている現場を訪れてのオールロケ。

準備万端のつもりが、いざ本番となると予想外のアクシデントが続出する。

現場に到着してみると、なぜか担当者が不在で、現場の人間に話が通っていないというような場合でも、『クライアントに協力をお願いする』形での撮影なのでクレームをつけられない。なおさらこの仕事を突発でねじ込んだ入間のスケジュールは、もはや一日の猶予《ゆうよ》もなくびっしり埋まっており、後日延期というわけにもいかない。

まさに絶体絶命というピンチを前にしても、入間はふてぶてしいほどに動じることがなかった。いつもは無駄にアドレナリンを放出しているが、どうやらトラブルにぶち当たると一変してクールダウンするらしい。

その的確な判断力と臨機応変な対応に、奥村はひそかに舌を巻いた。

たとえば突然の天気の崩れ。屋外で撮るつもりが不意の雨に降られた際は、

「どうせなら、いっそのことずぶ濡《ぬ》れになってもらって、防水加工がいかに優秀かってのをアピールするってのはどうだ？」

と言い出した入間のとっさの機転によって、まさに悪天候を逆手に取ることができた。

店内の混雑を理由に直前になって撮影を断られたこともあった。

その時は、客に紛れ込んでゲリラ撮影を敢行し、結果的に、より客の視点に近いおもしろい写真が撮れた。

メインで撮る予定のベテラン職人が急病で来られなくなった時は、さすがの奥村も青ざめたが、入間は例によって不敵な顔つきを崩さなかった。

「弟子にスポットを当てて『修業ストーリー』にすりゃいいじゃねぇか。完成されたやつの出来上がった技より、そっちのほうが絵としておもしろいかもしれないぜ」

何より入間は諦《あきら》めなかった。目の前の障害に届するという頭が端《はな》からないのだ。困難を困難と思っていない節がある。トラブルがあれば立ち向かう。少しでもいい『絵』を撮るためなら多少の道理は曲げる。カメラを手にした入間は実にシンプルでポジティブな思考回路を持ち、だからこそ強いのかもしれなかった。

その結果、奥村の手許に届いた写真は、どれも不意のアクシデントの影を微塵《みじん》も感じさせない――どころか予想以上の出来映《ば》えだった。

たとえ本性は、隙《すき》あらばセクハラを仕掛けてくるようなケダモノであろうとも、その卓越した腕だけは認めざるを得ない。

そう観念した奥村が、言葉を選びつつも写真のクオリティを誉《ほ》めると、入間はさも当然だと言わんばかりに片眉を持ち上げたものだ。

「この俺を誰だと思ってんだ？」

（人を誉めて嫌な気分になったのは、あれが初めてだったな……）

謙虚《けんきょ》という日本人特有の美徳を母親の腹に置き忘れたらしい男が、今もまた奥村の視線の先にいた。

今日の撮影現場であるホテルの厨房《ちゅうぼう》を我がもの顔で歩き回っている。仕込みで忙しい厨房スタッフの間を一眼レフカメラを片手にのしのし練り歩いたかと思うと、巨大なステンレスの冷蔵庫を勝手に開けて、中に顔を突っ込みクンクンと匂《にお》いを嗅《か》ぐ。さらには指を突っ込んでツンツン食材をつつく。

（おまえは腹を空《す》かせたハイエナか？）

なるべく邪魔にならないようにと壁際にひっそり佇《たたず》んでいた奥村は、その行儀の悪さに小さく舌を打った。

と、まるでその音が聞こえでもしたように、入間が振り返る。

目と目が合った瞬間、大きな口を横に引いてにっと笑った。

「そんなに露骨に見とれるなよ。照れるじゃねーか」

大股で近づいてくるなり、にやけ面で戯言《ぎれごと》を口にする男に、奥村は冷ややかな一瞥を投げた。その牽制をものともせず、不自然なほど顔を近づけてきた入間が、耳許に囁《ささや》く。

「ベッドの中の俺もいいが、仕事してる姿もまたグッとくるだろ？」

相手にすれば図に乗ることはここ数週間のつきあいで身に染みていたので、奥村は顔色を変えることなく、「馬鹿言ってる暇があったらさっさと仕事をしろ」と受け流した。

「このあと別の撮影も控えてるんだろう？」

「まぁな。……にしても、なんで今日はこんなにギャラリーが多いんだ？」

入間のうざったそうな声色《こわいろ》に促された奥村は、視線を転じ、ステンレスのフライパンやズンドウなどが整然と並ぶ厨房スペースを改めて見た。

今回の写真集で撮影予定の職種は二十にも及ぶ。

約半月でその半分を撮り終え、今日は写真集の中でもメインカットとなる予定の、コックコートの撮影だった。

ロケ現場のホテルの厨房内には、白衣に身を包んだホテルスタッフに加えて、白美の社員だけでも六、七人はいる。中には専務の腰巾着近藤の姿まであった。このホテルが近藤の得意先である関係上、どうしても撮影に立ち会いたいと、昨夜突然の申し入れがあったのだ。できるだけ現場の人数は増やしたくなかったが、これればかりは致し方ない。

「白衣はうちの誇りみたいなところがあるから、みんなの気合いの入り様も違うんだよ」

実は生産部のたっての希望で、今日の撮影のために、コックコートの新しいデザインを起こしていた。工場をかなり急《せ》かしたようだが、結局仕上がってきたのは今朝。しかも細かい部分までは手が回らなかったらしく、今、スタッフ総出で裾《すそ》上げとボタン付けをしているところだった。

「人数が多くて気が散るか？」

「そういうわけじゃねぇんだが。今回、いまいちイメージが湧《わ》かなくてな」

即決が信条なはずの男のめずらしい逡巡《しゅんじゅん》に、奥村は眉根を寄せた。それでさっきからうろうろと落ち着かなかったのか。

「どのあたりが問題だ？」

「どーもインパクトに欠ける。何もかもピカピカッときれいすぎて」

顔をしかめた入間が、顎の不精髭を指先でぼりぼりと掻く。

「もっと……こう、現場のリアリティっつーか、本物の殺気が欲しいんだよな。白衣に油やソースが飛び散ってる汚れ感が」

「なるほどな」

入間のつぶやきを耳に奥村は腕を組んだ。

つと目を落とした先、腕時計の針は十時を示している。当初の予定では、十一時半からのランチタイム開始前に撮影を済ませてしまうつもりだった。

入間の腕をもってすれば、そうは言っても水準以上には仕上げてくるだろう。だがたしかに、写真集のメインに据えるカットにしては、何かが物足りない気もした。

「口で指示して汚してもらっても……写真ってのは空気が出るからな。『作り』や『やらせ』はすぐわかる。――そこがおもしろくもあり、恐いところでもあるんだが」

こと写真を語る時だけ真摯になる低音を聞きながら、奥村はゆっくりと腕を解《ほど》いた。

「次の別件の撮影、何時からだった？」

「午後いちに四谷《よつや》のスタジオだ」

「一時に四谷か」

入間の返答を吟味《ぎんみ》するように繰り返す。

「三十分で終わらせて即撤収すれば……かなりタイトだが、不可能な時間じゃない」

ひとりごちる奥村を、入間が怪訝《けげん》そうに見る。

「おい、何をブツブツ……」

訝る男に奥村は向き直った。

「いっそランチタイムの最中に撮るっていうのはどうだ？」

「最中に？」

入間の目がすっと細まる。

「その時間帯の厨房はまさに戦場だ。時間的にも状況的にもかなりきつい撮影になるかもしれないが、おまえが望む臨場感だけはたっぷり味わえる。リスクを負ってでもチャレンジしてみる価値はあると思うが？」

挑戦的な奥村の視線をまっすぐ受け留めていた入間が、ふっと口の片端を持ち上げた。不敵な表情で「おもしれえ」とつぶやく。

「あんたもだんだん本性が出てきたな」

奥村の肩をポンと叩くやいなや、次の瞬間にはもう踵を返して歩き出した。

「悦《えつ》、予定変更だ。ランチタイムにぶっつけ本番で撮るぞ！」

厨房を突っ切り、アシスタントに歩み寄る男に背を向けて、奥村もスタッフが集まる厨房の片隅へと向かう。簡易テーブルを囲み、それぞれが白衣を抱えて針と格闘する社員の中で、ひとり手持ち無沙汰《ぶさた》にぼんやりしている営業部長に話しかけた。

「近藤部長、少しよろしいですか」

びくっと肩を揺らした男が、「な、なんだね？」と問い返す。

ねずみを思わせる貧相な顔を見下ろしながら、奥村は撮影時間の変更と、その理由を告げた。

「そうすると、現場は大変になるのかね？」

「絶対に厨房のお仕事の邪魔にならぬよう細心の注意を払いますので、部長から責任者の方に撮影の主旨を説明していただけますと助かります」

リスクを負うことを極端に嫌う近藤の性格からして、嫌みのひとつもあるだろうと覚悟していたのだが、予想外にもあっさりとうなずきが返る。

「わかった。じゃあ、責任者にそう伝えるから」

言うなり席を立ち、そそくさと場を離れる近藤を意外な心持ちで見送っていると、背後から声がかかった。

「奥村さん」

後ろに立っていたのはデザイン課のチーフだった。奥村より数年入社の早い、生《は》え抜《ぬ》きのベテラン社員だ。

「ごめんなさい。ボタン付けに意外と手間取ってしまって……もう始まるのかしら？」

「いえ、実は時間の変更がありまして」

準備時間は延びたが、そのぶん本番直前が大変になったことを説明する。と、おっとり柔《にゅう》和《わ》な彼女の顔に緊張が走った。ただでさえ撮影など慣れていないのだから無理もない。

「フィッティングは私も手伝いますから」

奥村の申し出に目の前の顔がわずかにやわらぎ、だがほどなく改まった顔つきになった。

「奥村さん、今回は私たちの無理をきいてくれてありがとう。結局こんなにギリギリになって迷惑をかけてしまったけど」

「こちらこそ、あわただしい日程でいろいろと協力していただいて感謝しています」

チーフデザイナーは、ううんと首を横に振った。

「初めはちょっと戸惑ったけど、でも参加してみてよかったわ。うちの部のみんなもね、すごく出来上がりを楽しみにしているの」

「ありがとうございます」

「先代が亡くなってから、ほら、少し社内の空気が沈んでいる感じだったじゃない？」

「………………」

自分と同じふうに感じていた人がいたのか。

「それがこの本がきっかけになって、先代の想いを形にしたいっていうみんなの気持ちが固まった感じで」

「本当にそうですね」

「だから、大変だけどがんばりましょうね」

最後にはにっこりと笑って、チーフはスタッフの中へと戻っていった。

今回、写真集の撮影をするにあたって、準備期間のタイトさを補うために、奥村は社内の様々な部署に協力を呼びかけた。

初めは慣れないこともあって戸惑いの声も多く聞かれたが、撮影も折り返しを過ぎた現在、どうやら社員の気持ちがいい形でひとつにまとまりつつあるようだ。

奥村にしても、正直に言えば、当初は面倒を押しつけられたという気持ちが強かった。

だが今は——少しでもいいものを作りたいという想いが、日を追って強くなってきている。先代亡きあとしばらく、どこかに置き忘れていたモチベーション。その復活の兆《きざ》しを感じる。

「おい、ちょっと来てくれ！」

背後からの大声に奥村は振り返った。

野性味溢《あふ》れる入間の貌からは、先程までの迷いが消え、本番に向けて集中し始めているのがわかる。

テンションが張り詰め、ピリピリと空気が震える——その瞬間が待ち遠しくてしょうがないというような、ポジティブオーラを振りまく男に向かって歩き出す。

かなり悔しいが、ひさびさのモチベーション復活は、この天然の暴君の存在によるところが大きいと認めざるを得なかった。

一ヶ月を費やした撮影がすべて終了した夜。

路駐のレンジローバーに機材を詰め込み、ハッチバックのドアをバンッと音高く閉めた入間が、くるっと振り返った。

「とりあえず俺の仕事は完了！　ってことで、打ち上げだ、打ち上げ！」

奥村の同意も待たずに、車のキーをアシスタントの及川へ投げる。

「俺たちはこのまま呑みに行くから、おまえは車転がして事務所へ戻れ。駐車場に入れたらそのまま帰っていいから」

「はい。お疲れ様です」

「お疲れ！」

及川に片手を挙げ、嬉々《きき》として歩き出した入間が、夜の青山通りをしばらく行ってから、ピタリと足を止める。肩を返し、立ち止まったままの奥村に不思議そうに尋ねてきた。

「何ボケッと突っ立ってんだよ？　おら、行くぞ」

「俺はまだ行くとは言っていない」

奥村が冷ややかに返すと、むっと眉間に筋を寄せる。

「言っちゃなんだがな、あんたの仕事を受けたおかげでこっちはこのひと月マジでオフゼロだったんだぜ？　酒呑む暇も女抱く暇もナシ。睡眠だって削《けず》った。苦手な早起きだってした。ぜーんぶ、あんたのためだ。こんだけ献身的に尽くした俺に対して、労《ねぎら》いのひとつくらいあってもバチは当たらないんじゃねぇのか？」

腰に手を当て、たらたらと不満を垂れ流す男を前にして、奥村は思案を巡らせた。

あの――思い出したくもない悪夢の一夜から、仕事以外では極力入間との関わりを避けてきた。

入間にしても現場から次の仕事に直行することが多く、メシや酒の席に誘ってくることはなかった。……そのぶん言葉のセクハラは頻発していたが。

できることならば、このままプライベートでは関わり合いたくない。踵を返して立ち去りたい。しかしそれも……敵に背中を見せるようで業腹《ごうはら》だ。

(要は自分をしっかりと持ち、潰《つぶ》れるほど呑まなければいいわけで)

内心で葛藤《かっとう》していると、数メートル先の浅黒い顔がふっと唇を歪めた。

「あー、そっか。あんた、俺が恐いんだろ？」

ぴくっと奥村の肩が揺れる。

「また俺の魅力にクラクラして陥落しちゃうのが恐……」

最後まで待たず、奥村は入間までつかつかと詰め寄った。低音で凄《すご》む。

「誰が恐がった？　えっ⁉」

「ほんと、恐《こえ》ぇなぁ。あやうくチビるとこだぜ」

ぼやきつつも、奥村の肩に腕をかけ、入間が妙に甘い声で囁く。

「呑みに行こうぜ。な？」

その馴《な》れ馴《な》れしい手をすかさず振り払い、奥村はふいっと横を向いた。顔を背《そむ》けたまま低くつぶやく。

「……一時間だ」

「おまえの写真に免じて、一時間だけつきあってやる」
「あ？」

入間の行きつけの青山のバーのカウンターに肩を並べる。漂うジャズの調べとオレンジ色の間接照明が心地よい、シックなインテリアの落ち着いた店だ。

たしか前回もこの店に連れて来られたような気がするが、あの時の記憶は今となっては曖《あい》味《まい》で（故意に忘れようとしているせいもあるが）、はっきりとしなかった。

立て続けに二杯のウォッカを空にする入間を横目に、いいから張り合うなと己《おのれ》を窘《たしな》めつつ、奥村はギブソンのグラスを口に運んだ。ちびちびとドライ・ジンを舐《な》める。

「あー、ひさびさの酒は内臓にしみるな」

解放感に酔ったつぶやきを落とす入間に、奥村はちらっと一瞥を投げた。

「こんな暗い場所でも外さないのか」

「ん？」

顔を傾けた入間が、ややして「これか？」と手を添え、サングラスを額《ひたい》の上にずらした。

「癖になってて、ついな」

「別に視力が悪いわけじゃないんだろう？　撮影の本番は外しているしな」

「まぁ、さすがにこいつで色を見るわけにゃいかんからな」

その返答を耳にしていて、ふっと閃いた。

――ひょっとして。

「いつもサングラスなのは目を保護するためか？」

ここは照明が暗いのでわかりづらいが、あの朝間近で見た男の瞳は極端に色素が薄かった。

「フォトグラファーにとっちゃ目は命だからな」

やがて返ったきた肯定の台詞に、奥村はついと眉をひそめた。

「おまえ……もしかして、どこか外国の血が混ざってるのか？　日本人にしちゃどこもかしこも規格外だよな」

だが、入間はにやにや笑って答えない。

「なんだ。何を笑ってる？」

「いや、誉められたのが嬉しくてな。規格外ってのは、アレのサイズもだろ」

「……なんでもかんでもシモネタに結びつけるのはやめろ」

押し殺した低音で凄んでも、男はすけべったらしい笑いを引っ込めなかった。そのにやけ面から顔を背け、腹立ちまぎれに手許のギブソンを一気に呷《あお》る。空のグラスをカウンターに置いた直後、隣りから声が届いた。

「あんたが俺に興味を持ってくれるのは嬉しいが」

「なんの話だ。うぬぼれるな」

すげなく切り捨てる。

「俺は……あんたのことが知りたい」

一転して真摯な声に、思わず横を見た。視線と視線がぱちっと音を立ててかち合う。

「…………」

間近から澄んだ榛色の双眸にじっと見つめられ、奥村は気まずく目を逸《そ》らした。

「……別に語るほどのことはない。見てのとおり、宮仕えの平凡なサラリーマンだ」

空のグラスを弄《もてあそ》びながら低くつぶやく。

さっきの一気呑みがきいたのだろうか、アルコールが体内を回り始めるのを感じた。

「それでも先代の時代は、それなりに仕事に情熱もあったがな。今は抜《ぬ》け殻《がら》だ」

やばいと思いつつも、語るつもりのない愚痴《ぐち》が、つい口をついて零れる。

「定職もなく裏街道でくすぶっていた俺を、先代は拾い上げ、陽の当たる場所へと導いてくれた。——その恩義に報《むく》いたい一心でここまで来た。彼に仕え、その右腕となることが、人生の目標であり、モチベーションだった」

胸の奥深くにしまってあったセンチメンタルを、なぜこんな男相手に語っているのか。奥村は自分を訝しみ、やがて思い当たった。

このひと月あまりは、入間亘というすべてが規格外な男を含めて、奥村にとって『非日常』の日々だった。その『非日常』が終わりを迎え、ふたたびあの忍耐と頭痛の『日常』が戻ってくる。

その気鬱《きうつ》が、自分をいつになく感傷的にしているのだ。

そう自分を分析してみたところで、一度溢れてしまった水はグラスに戻らない。長く心の声を押し殺してきたからこそ、捌口《はけぐち》を求める気持ちもまた強かった。

先代の死によって、突然見失った自分の存在意義。

彼は死の間際、『これからは好きに生きろ』と自分に言い遺《のこ》したが――。

「新しいトップをできるだけ盛り立てなければと思ってはいるんだが……どうしても、先代と同じようには思えなくてな」

奥村が嘆息混じりの苦い声を空のグラスに落とした時、それまで無言だった傍《かたわ》らの男が、吐き捨てるように言った。

「……くだらねえ」

「………っ」

肩を揺らし、顔をゆっくりと傾けた奥村は、入間の挑むような眼差しと目が合った。きつく寄った眉根の下の、底光りする双眸。肉感的な唇が皮肉げに歪む。

「あんた、ジジ専か？　んなチンボも勃《た》たねぇようなジジイにいつまで操《みさお》立ててんだよ？」

「……ッ」

カッとなって睨みつけると、入間がぐっと身を乗り出すようにして顔を近づけてきた。射るような視線で奥村を見据え、低く囁く。

「墓の中で朽ちてる老いぼれなんざとっとと忘れて、俺のもんになれよ」

「貴様……っ」

とっさにカウンターの上のチェイサーに手を伸ばした奥村は、入間の顔に向かってばしゃっと水をかけた。

「冷てっ」

悲鳴には構わず、ブリーフケースを手荒く摑んでスツールから立ち上がる。そのまま踵を返し、薄暗い店内を一直線に突っ切った。

だが店の外へ出たところで、背後から追ってきた入間に肩を摑まれる。

「待てよ、靫也！」

(靫也、だと⁉)

「馴れ馴れしく名前を呼ぶな！」

いよいよ激高して振り払ったが、今度は手首を摑まれた。強い力でぐいっと引かれ、半身を返される。

「放せっ」

抗《あらが》う奥村と向き合い、無理矢理に視線を合わせた入間が、まだ水の滴《したた》っている唇で低くつぶやいた。

「そっちこそ、愛の告白の途中で逃げるな」

(何が愛の告白だ。……ふざけやがってっ)

囚《とら》われた拳をきつく握りしめ、奥村はぎりぎりと歯嚙みをした。

「じゃあ訊いてやる。俺のどこに惚《ほ》れたか言ってみろ！」

「顔と体」

ふざけた即答とは裏腹に、入間の視線は揺るぎなかった。射貫くようなまっすぐな眼差しで奥村を見つめてくる。らしくもないその真剣な顔つきを見れば、余計に腸《はらわた》が煮《に》え滾《たぎ》った。

「……嘘でもいいから『人柄に惚れた』くらい言えないのか」

「そいつはこれからおいおい、じっくりとだ。まずはつきあってみなきゃ本当の内面はわかりようがねぇだろ？」

もっともらしいことをほざく男を、奥村は怒りに燃えた双眸で睨《ね》めつける。

「あんたが公私混同は嫌だっつーから、この俺が今日までひと月も待ったんだぜ？」

誉めてくれと言わんばかりの傲慢を吐いたあとで、入間がぐっと腕を引いた。バランスを崩し、前のめりになった奥村の耳許にひそっと囁く。

「何度も一緒にベッドの中で気持ちよくなって……気持ちが通じ合うのはそれからだろ？」

「…………」

「違うか？　靫也」

「……何度も言わせるな」

バシッと入間の手を打ち払った奥村は、拘束を解いて体勢を整えると、入間の右頬に遠慮のない拳を叩き込んだ。

「うおっ」

「今度名前で呼んだらこんなもんじゃ済まないぞ」

身を返し、背中を向けた状態で、痛みにうめく男に冷たく釘《くぎ》を刺す。それきり一度も背後を顧みずに、奥村はさっさとその場を立ち去った。


やることしか頭にないくせに、何が愛の告白だ！

何がおいおいじっくりだゲス野郎！

にやけた面も必要以上にでかい態度も、自分が望めば欲しいものはなんでも手に入ると思っているらしい根拠不明な自信もすべてが腹立たしいが、何より許せないのは、先代への純粋な思慕を下品窮まりない物言いで汚したことだ。

（てめえのヘソ噛んでくたばりやがれっ）

どれほど口汚く罵っても憤りはいっかな治まらず、結局まんじりともできないまま朝を迎えた。

翌日——奥村がひさしぶりの偏頭痛と、昨夜から引き続きの腹立ちを抱えて出社すると、デスクの上に荷物が届いていた。平たい紙箱の中身は百枚ほどの印画紙。六つ切りの印画紙のそれぞれに、原寸大の35ミリフィルムが約五十カットずつ焼きつけてある。

ひと月の撮影のすべてが、そこにあった。

近年はほとんどのプロがデジタルに移行しているらしいが、入間は頑《かたく》なにアナログでの撮影に拘《こだわ》っていた。やり直しがきくデジタルでは一発勝負の緊張感が損なわれるというのが、その理由だそうだ。プリントもすべてが手焼きだ（もっともこれは、アシスタントの仕事だろうが）。

午前中いっぱいをかけて、奥村はひとつひとつのカットをじっくりと検分した。

思わず頭痛を忘れるほどに、どれもが素晴らしい出来だった。

見終えた時には、あれほど荒れていた胸の内が凪《な》いでいるのを認める。しばしの逡巡の末、奥村は目の前のオフィスホンに右手を伸ばした。

昨日の今日で気まずいものがないでもなかったが、それとこれは別の話だ。まずはとにかくプリントが届いた報告をして、素晴らしい仕事に対する感謝の気持ちを本人に伝えなければ。

だがあいにくと入間は留守《るす》だった。

「携帯なら捕まるかな？」

奥村が尋ねると、回線の向こうのアシスタントが『うーん』と唸る。

『打ち合わせの間は携帯を切っちゃうんですよね。戻ったらこっちから連絡させます……遅くなるようなら明日の朝……あっ、だめだ、明日は朝いちの便で香港《ホンコン》に飛ぶんでした。この先しばらくロケ続きの地獄のスケジュールなんですよ』

おそらくは、無理に奥村の仕事を入れた余波もあるのだろう。

そう納得しながらも、少しばかり複雑な気分にもなる。

冷静になって考えてみれば、入間は気鋭の超売れっ子フォトグラファーで、こんな機会でもなければ一介のサラリーマンである自分とは接点すらないはずだった。そもそも自分たちは所属している世界が違うのだ。

当たり前の事実をいまさら再認識した奥村がふっつり黙り込むと、電話口から遠慮がちな声が『あの……』と話しかけてきた。

『昨日の夜、奥村さんとうちの師匠《ししょう》で呑みに行ったじゃないですか。ひょっとして、何かありました？』

ギクリとして、「なぜ？」と問い返す。

『今朝も朝いちからロケだったんですけど、めずらしく絶不調で。入間さんが現場でぼんやりしてるとこなんて初めて見たから、オレも動揺して露出計り間違えちゃったり、散々だったんです。同行したスタッフも心配して、何か悪いものでも食べたんじゃないかって。たしかに顔が腫《は》れてるし……何か心当たりとかありますか？』

「いや。……ただの呑みすぎだろう」

適当な返事をして、「また折りを見てこちらからかけるから」と電話を切った。ふたたびベタ焼きを手にしたが、気がつくとぼんやり先程の電話を反芻している自分に気がつく。

――めずらしく絶不調で。入間さんが現場でぼんやりしてるとこなんて初めて見たから。

あんなやつでも堪《こた》えることがあるのか。

昨日のストレートは気持ちいいほどに真芯《ましん》を捉《とら》えた。人を殴るのは十年以上ぶりで、加減がわからなかったところもあったかもしれない。

（いくらなんでも……少しやりすぎたか）

反省しかけて、あわてて頭を左右に振る。

いいや、自業自得だ。あの手のタイプには直截《ちょくせつ》に言ってやったほうがいいんだ。言わなきゃ一生わからない。

そうだ。今度会ったらはっきり「おまえが嫌いだ」と言ってやる。

心に決めるとようやく気分がすっきりする。

しかし――その決意を奥村が実行に移すチャンスは、そのあとひと月ほど訪れなかった。

4

入間《いるま》と顔を会わさないままにひと月が過ぎた。

奥村にとって、実に目まぐるしい一ヶ月だった。

ベタ焼きから使用する写真を選び、グラフィックデザイナーと相談しながら構成を詰める。毎日数ページずつ上がってくるレイアウトをチェックして、まとまったところでようやく入稿。

慣れない作業のため、試行錯誤《しこうさくご》の連続だったが、泣き言を言っている時間もないので、とにかくほぼ一週間を不眠不休でこなした。

写真集の入稿がなんとか完了すると、ほっとする間もなく今度は式典の準備に取りかかる。しばらくは社内全体がバタバタとあわただしく、落ち着かない日々が続いた。それでも印刷所に入れてからの本の進行は順調で、五十周年の記念式典まで残り三日を残した八月の末日、ついに刷り上がり見本ができ上がってきた。

夜の九時。

式典の最終準備のためにスタッフが出払っている総務課のデスクで（重役室の続き部屋にも奥村のデスクはあるが、先代が亡くなってからは総務課にいることが多くなり、それすらここ最近は一時間と椅子《いす》をあたためる暇はなかった）、奥村はまだインクの匂いがする見本誌をじっくりと眺《なが》めていた。

百二十頁《ページ》を超える本は、ずっしりと重い。白い布張りに英字で社名が入っているだけのシンプルな装丁。中を開くと、誌面もすべて白と黒で構成されている。

余分な装飾のない硬質なレイアウトが、人間の力強く躍動感溢れる写真を引き立てていた。色彩でごまかされることがないぶん、現場の臨場感が、仕事に携わる人々の真摯《しんし》な表情が、そして何より彼らと共に働くユニフォームの存在感が――しわや汚れに至るまでリアルに見る者に迫ってくる……。

（やはり、色味を抑《おさ》えてよかったな）

式典で配るにしては地味すぎないかという意見も出たのだが、奥村は終始一貫して『白』を推し続けた。白衣の命である『白』は、亡き先代が何より愛し、拘った色だったからだ。

感慨深く一枚一枚ページをめくっていた指が、ふっと止まる。

背後の気配に振り返った奥村は、その切れ長の目をゆるゆると見開いた。

「よぉ」

オフィスの規格に余るような大男が、カーゴパンツのポケットに両手を突っ込んで、総務課の入り口に立っている。

「……入間」

ひと月ぶりに見る入間は、アンバーのサングラスも不精髭《ぶしょうひげ》も不敵な表情も、最後に見た夜のまま寸分変わりがなかった。ただロケ灼《や》けなのか、カーキ色のTシャツから覗《のぞ》く逞しい腕が、さらに褐色《かっしょく》度を増している。

不意打ちの衝撃が過ぎた頃、にっと白い歯で笑いかけられて、今度は奇妙な脱力感を覚える。この一ヶ月――睡眠を削る忙しさの中、ぱったり顔を見せない男に対して日々積もっていた苛立《いらだ》ち。それが今、邪気のない笑顔ひとつですっきり霧が晴れるみたいに……消えた？

自分でも説明がつかない奇妙な感覚に戸惑《とまど》っているうちに、くつろいだ様子の入間がぶらぶらとすぐ近くまで来た。いつでもどこでも臆《おく》することを知らず、我がもの顔なのも相変わらずだ。

椅子を回した奥村と視線がかち合った刹那、ふっと目を細める。眩《まぶ》しいものを見るような目つきでワイシャツ姿の奥村をじっと見下ろしてから、太い声を落とした。

「さっきベトナムから戻ったら、見本ができ上がったっていう伝言が残っててな」

「来るなら電話くらいしろよ。突然来て俺がいなかったらどうするつもりだったんだ？」

ゆるく眉をひそめて文句を言う奥村に、入間は目尻にしわを寄せて笑った。

「ひと月のブランクのあとでいきなりってのがいーんじゃねぇか。ドキドキしたろ？」

「……寝言を言うな」

外見だけでなく中身も相変わらずの男に心底呆れていると、頭上から大きな手がぬっと伸びてきて、奥村の前のデスク上から見本誌を取り上げた。近くにあった椅子を引き寄せ、奥村と向かい合うようにどっかりと腰を下ろした入間が、長い脚を高く組んで膝《ひざ》の上に本を載せる。

一枚ずつ、じっくり時間をかけて、入間の視線は写真集をなぞった。顎《あご》をさすりながら、時に恐いほど真剣な表情で、時に流れをたしかめるようにページを遡《さかのぼ》り——ゆきつもどりつ最後の奥付まで到達すると、すっと顔を上げる。

「写真の構成はあんたが決めたのか」

「デザイナーと相談しながらな」

「本来なら俺もかなり口を出すところだが、今回はさすがにそんな余裕もなかったからな」

少しばかり緊張して、奥村は入間の言葉の続きを待った。

「だが……こいつはいい仕上がりだ。あんたに任せて正解だった。俺の写真集の中でもベスト3に入る出来だ」

ほっと息を吐く。お世辞を口にする男じゃないのはわかっていたから、そのコメントは素直に嬉しかった。本当に愛《いと》おしそうにごつい手で表紙を撫《な》でる入間を見て、少しくすぐったい気分にもなった。

入間の他の作品集は、高名なファッションデザイナーとのコラボレーションであったり、被写体もいわゆるスーパーモデルであったりと派手なものが多い。それらと比べると――いや、比べるのもおこがましいほどにこの本は地味だ。それでも、あの悪条件下で、きちんと手を抜かずに全力を尽くしてくれた。

「おまえ、本当に写真が好きなんだな」

しみじみとつぶやく奥村に、入間が肉厚の唇の片端を持ち上げる。

「まぁな。だから言っておくが、俺にどんなに惚れても二番目だぜ？　ベイビー」

「誰がベイビーだ」

奥村のこめかみに血管がぴきっと浮かぶ。と、突然入間が立ち上がった。大きな体が覆《おお》い被《かぶ》さってきて一瞬怯《ひる》んだが、どうやら入間は写真集を奥村の背後のデスクに置こうとしているらしい。

自分の肩の上を通過する褐色の腕を横目で追い――慎重にデスクに置かれた本から視線を戻すと、すぐ目の前に入間の顔のアップがあった。どうかすると吐息がかかるほどの至近距離に、息を呑む。

「ひと月会えなくて寂《さび》しかったか？」

低いかすれ声が胸にストンと落ちると同時に、先程消えたばかりの不快なもやもやの正体がわかった気がして、奥村はひそかに狼狽《うろた》えた。

寂しかった？　あれが？　まさか。

（そんな馬鹿なことがあるわけがない）

「おまえの暑苦しい顔と無意味にでかい図体《ずうたい》と笑えないシモネタから解放されて、実に素晴らしく快適だったよ」

敢《あ》えて挑《いど》むようにはっきりと言い切った刹那、入間の顔が悲しそうに歪んだ。

「そう冷たくするなよ。俺はあんたに会えなくて寂しかったぜ？」

三十を過ぎて、そんな台詞を臆面《おくめん》なく吐く男などろくなもんじゃない。そうやって女を取り込み、食い物にして生きていく輩《やから》を自分は何人も見てきた――なのに。アンバーのレンズの向こうから、まっすぐ自分を射る双眸《そうぼう》に、なぜか息苦しさを覚える。

無意識にネクタイに手をやり、結び目を緩めかけたその手を、不意に摑まれた。抗う間もなく強い力で引かれ、熱いものが触れたと思った次の瞬間、ザラザラとした痛みを指先に感じる。

（……ひ、げ？）

奥村の右手を自分の右頬に押しつけて、入間が口を開いた。

「あんたに殴られたここが、このひと月の間ずっとじくじくと疼いた。ロケ先の香港、ロス、ハノイ……疼くたびにあんたのことを思い出していた」

「………………」

押し殺したような低音の囁きが鼓膜を震わせ、こめかみがじわじわと熱を持つ。入間に握られている手首が火傷《やけど》しそうに熱い。その熱に浮かされたみたいに封印していた記憶が蘇ってきて、奥村はきつく奥歯を嚙みしめた。

この男と深く繋《つな》がった夜の記憶。重石《おもし》をつけて、海馬《かいば》の底深くに沈めたはずの記憶。

だが本当は、忘れてなんかいなかった。男の熱くて硬い体も、荒々しく力強い動きも、その揺さぶりに嬌声《きょうせい》をあげた浅ましい自分も……。

こんなふうにきっかけさえあれば、たちまち蘇ってきてしまう。

（くそったれ）

史上最悪な失態を思い出してみじめな気分になるのも、持て余すほどに体の奥が熱いのも、何もかもこいつのせいだ！

（……許せない）

忌々《いまいま》しさに、奥村は底光りする双眸で目の前の男を睨めつけた。

今日こそ引導を渡してやる！

いつぞやの決意を胸に還《かえ》し、奥村はおもむろに口を開いた。

「今日という今日ははっきり言わせてもらうが俺はおまえが嫌いだ。大嫌いと言っても過言じゃない。嫌いな理由は枚挙《まいきょ》にいとまがないが、場所をわきまえずオフィスで男を口説《くど》くところがまず第一」

自由がきくほうの手でびしっと一本指を立てたが、こしゃくにも入間は動じなかった。なおも強い力で奥村の手を拘束したまま、熱っぽい視線で射貫いてくる。

「俺はあんたが欲しい。あんたは俺と対等でいられる唯一の男だ。今までの人生で、本気でものにしたいと思ったのは、靫也《ゆきや》——あんたがふたりめだ。ひとりめの初恋の相手は逃《のが》したが、今度は逃さない」

「そんな人生舐めきった極悪面で『初恋』だの『逃がさない』だの、よくもそんなこっ恥《ぱ》ずかしい台詞が吐けたもんだな。その面の皮が厚いところが次にむかつく。大体、何が『靫也』だ。ずうずうしい。せめて『さん』をつけろ。俺はおまえよりふたつも年上だぞ」

「ひと月離れてみて思い知った。俺にはあんたが必要だ。あんたのことを考えるだけでサカりのついた中学生みてーに股間がズキズキと疼く。旅先とはいえ男をオカズに抜いたのなんざ、十五年ぶりだぜ？」

よくもぬけぬけと！

「その汚《けが》れた手で俺に触るなっ！　放せっ」

カッとなって怒鳴《どな》りつけた刹那《せつな》、大きな手で顎をがっしりホールドされた。

「な、に……す」

抗おうにも、右手を押さえ込まれている状態では充分に力が出ない。かろうじて空いている左手で男の脇腹を殴ってみたが、硬い腹筋はびくりとも揺るがなかった。

「なんならここで実践してみせようか。あんたの嫌がる顔だけで軽く三発は抜けるぜ？」

「ケダモノッ」

低く罵りながらも背中を焦燥《しょうそう》が這い上がる。

入間の顔が近づいてきて、いよいよ心拍数が跳《は》ね上がった。

まさか、こいつ、ここでキスする気か？

いつ、誰が戻ってくるかわからないオフィスで？……冗談じゃない！

「放せ！　馬鹿者っ」

奥村の罵声《ばせい》と、ピルルルッという電子音が重なった。

入間の意識が逸《そ》れた一瞬の隙《すき》に、奥村はどんっと胸を突き、身を翻《ひるがえ》した。すかさず数歩退き、デスクを背にして身構えると、入間の口からちっと舌打ちが落ちる。

ピルルルッ、ピルルルッ。

威嚇《いかく》するように男を睨《にら》みつけ、奥村は電子音の発信源である自分のシャツの胸に手を伸ばした。ポケットから鳴り続けている携帯を引き抜く。額に落ちた前髪を掻《か》き上げ、着信ボタンをピッと押した。

「はい、奥村です」

一方入間は不機嫌な顔つきで、カーゴパンツの腰ポケットからマルボロのパッケージを摑《つか》み出す。煙草を一本引き出し、厚みのある唇の端に雑に銜えた。

「ああ……専務。いえ……今、まだ社内ですが……はい、ええ……え？　えぇっ!?」

奥村の裏返った声に、ライターの火を点火させたまま、入間が振り返った。


息急《いきせ》き切って駆けつけた重役室では、専務の倉田と営業部長の近藤が、いかにも成金趣味の応接セットに並んで奥村を待っていた。

「奥村です。入ります」

ノックももどかしくドアを開けた奥村の後ろに、入間の長身を見た倉田が、ぎょっと目を剝《む》く。

「なぜ、あなたがここに？」

「……丁度、入間氏に刷り見本を見てもらっていたところだったものですから」

荒い息を整えながら説明する奥村に、倉田は鼻白《はなじろ》んだような顔つきで「ああ、そう」とつぶやいた。

倉田と入間は一度、撮影現場で面識がある。その際、空気を読めない倉田が、「娘がファンなんです」とサインをねだり、本番直前でテンパっていた入間に邪険《じゃけん》に断られるという顚《てん》末《まつ》があった。――その気まずい初対面を思い出したのか、倉田は入間から露骨に顔を背《そむ》けて咳《せき》払いをした。

「その見本だが、私も今見たところだがね」

重々しい口調《くちょう》で切り出し、手にしていた見本誌を木製のテーブルへ投げ出す。

「きみらしくないミステイクだね、奥村くん」

革のスツールに腰を落とすなり、奥村は投げ出された本を引ったくるようにして掴んだ。

表紙、裏表紙、背——と順番に見て、中身もチェックしたが、先程オフィスで自分が見たものと変わらなかった。まったく同じだ。どこもおかしくはない。

だがそうした確信とは裏腹に、心臓の音は次第に大きくなっていく。全力疾走のせいばかりでない嫌な汗が脇を伝う。自分でも理由がつかない焦燥に押されるように、奥村は顔を上げた。ふたたび倉田と視線が合った瞬間、勝ち誇ったような声は落ちた。

「なぜうちの写真集に他社のユニフォームが写っているのか、説明をきこうか」

悦に入った倉田の表情を瞠目《どうもく》して見つめる。

すぐには意味がわからなかった。

「他社……の？」

「まだわからないのか？——ここだよ」

倉田が奥村の手から本を取り上げ、ページを開き、ふたたび戻してきた。目の前に突き出された写真を食い入るように見つめる。背後に立った入間も頭上から覗き込んできた。

写真集の最大の山場――ホテルのフレンチレストランの厨房《ちゅうぼう》を舞台に、コックコートをメインに据えて撮ったページだ。見開きの誌面にレイアウトされた数点の写真。臨場感に溢れ、動きのある連続写真は、入間の本領発揮と社内でも評判が高かった。

忙しく立ち働くスタッフのひとりひとりを目を皿のようにしてチェックして……。

「あ……っ」

思わず声が漏《も》れた。口を薄く開いたまま、凍りつく。

「やっと気がついたか？　そうだ。この一番後ろの人物の白衣はうちのものじゃない」

倉田の声を意識の片隅で聞きながら、奥村は撮影当日の記憶を必死に掘り起こしていた。

当日の朝ぎりぎりに上がってきた白衣。敢えてランチタイムの最中を狙《ねら》っての撮影。急場の変更で、たしかに現場は混乱していた。なおさらコックコートはすべてのユニフォームの中でも一番形がスタンダードで、見た目ではっきり自社製品とわかる特徴はボタンの形だけ。

色校正の段階でも、問題の人物が後ろのほうに小さく横向きに写っていること、さらに写真がモノクロだったことが禍《わざわい》して、ボタンの違いに気づくことができなかった。

だがそもそも、なぜ他社のユニフォームがあの現場に紛れ込んでいたのか。あのコートは生産課の人間が手持ちで持ち込んだはずなのに……。

衝撃で白くなった脳裏に、じわじわと広がる疑惑。

（なぜ？）

喉許まで迫《せ》り上がってきた疑問符を、奥村はぐっと押しとどめた。

ともかく、どんな理由があったにせよ、ミスが出たのは現場を仕切っていた自分の責任だ。

「私のミスです。……大変に申し訳ございません」

奥歯を食い締め、深く頭《こうべ》を垂《た》れた奥村の前で、倉田が非情な決定を下す。

「他社のユニフォームが写っている以上、これを式典で配るわけにはいかないな」

「……っ」

ぱっと顔を振り上げた。口の中が急激に乾いて、声が奇妙にかすれる。

「し、しかし……現段階で製本まで済んでおりますし……」

式典は三日後。刷り直ししていたのではとても間に合わない。

「すべて破棄してくれ」

「専務っ」

奥村の大声に倉田が眉をひそめた。普段の自分らしからぬ感情的な声音《こわね》に気がつく余裕もなく、奥村はさらに身を乗り出して訴える。

「それは……それだけは勘弁してください！」

「おい、ちょっと待ってくれ」

それまでむっつり黙り込んでいた入間が憮然とした声を出した。

「間違ったっていうカットは一枚だけなんだろ？　こんなゴミみてーに小せぇボタン見てど

この商品だなんて素人《しろうと》にゃ絶対わからねぇし、この本の出来にはなんの関わりもない。それだけのミスで全部を破棄するってのは話が違わねぇか？」

だが倉田は険《けわ》しい表情を崩さず、入間を冷ややかに見上げた。

「あなたには申しわけないことになってしまったが、きちんと報酬はお支払いしますので」

「そういうことじゃねぇんだよ！」

「——入間」

苛立つ入間を低く諫《いさ》めた奥村が、今度は立ち上がって身をふたつに折った。

「責任は私が取ります。ですから写真集の破棄だけは勘弁してください。社のみんなも、この本の完成を楽しみにしています」

「きみが責任を取るのは当然だよ！」

ここぞとばかりに、腰巾着《こしぎんちゃく》の近藤が甲高《かんだか》い声をあげる。

「印刷代だけでも大変な損害だ。せっかくの五十周年記念式典も台無しだしな！」

その間も深く頭を垂れたまま、両脇の拳をきつく握り締めていた奥村は、不意に脚を折り、床に正座した。

「おい！」

驚く入間の制止の手を振り払い、額を絨毯《じゅうたん》にこすりつける。

「専務、どうか、このとおりです」

十年前の自分ならば、土下座するくらいなら相手を刺していた。——文字どおり地にまみれるプライド。どれほどの修羅場《しゅらば》にあろうが、過去一度も手放したことのない男としての矜持《きょうじ》と引き換えにしても、それでも写真集を救いたかった。

「お願いします。どうか、破棄だけは勘弁してください。これはただの記念本じゃない。働く人たちと共に歩んできた、我が社の五十年の歴史の集大成です。先代の想いと社員のたゆまぬ努力が詰まった素晴らしい本です」

奥村の決死の懇願《こんがん》にも、倉田は微動だにしなかった。

「だが、今となっては我が社の恥だ」

ソファの背にふんぞり返り、吐き捨てるように告げる。

「見るのも不快だ。一冊残らず破棄したまえ」

「どう考えたってありゃあ難癖《なんくせ》だろーが！」

重役室を辞して廊下に出るなり、入間が獣のような唸り声をあげる。

「あんたんとこの専務、初めっから本なんか出すつもりなかったんじゃねぇのか？」

「……たぶんな」

肯定する奥村に、入間がついと眉根を寄せた。

「そりゃどーゆう……」

「おそらく……俺に写真集を仕切らせた当初から、どこかでひっくり返すつもりだったんだろう」

「あー？」

いよいよ困惑した表情の入間の傍らで、おもむろに腕を組む。

「俺が邪魔なんだよ」

人気《ひとけ》のない社内通路に奥村は苦い嘆息を落とした。

「自分の社長就任に際して、先代の息のかかったメンバーはすべて切るつもりなんだろう」

倉田に疎まれていることは以前から感じていた。そのこと自体は意外でもなんでもないが。

「だが、いくら専務とはいえ、さしたる理由もなく社員を解雇することはできない」

だからこそ、なんらかのきっかけが必要だった。そのきっかけが、唐突な『五十周年記念写真集』の発注だ。通常では考えられないタイトな製作日数、超売れっ子カメラマンを指名するなど、不可能に近い無理難題を押しつけて奥村の躓《つまず》きを待っていたのだろうが、意外やことが順調に運んでしまった。

予想外の展開に、倉田は次の手を打たざるを得なくなり……。

そもそも、あのホテルの厨房に他社のユニフォームが紛れ込むはずがないのだ。

あの時――。

ランチタイムの直前に白衣が仕上がり、スタッフ総出でフィッティングを済ませると、実際の撮影時はホテル側の要求もあって、入間だけが厨房に残った。だから白衣が入れ替わるとすれば、着替えの段階しかない。そして、フィッティングの現場にいたのは、白美の社員だけだ。

まさか、スタッフの誰かが故意に入れ替えた？

身内を疑わざるを得ない状況に奥村が眉根を寄せた時、いつにも増してそわそわと落ち着きのなかった近藤の姿が眼裏に浮かんだ。そういえば、フィッティングの時だけ自主的に手伝っていたが。

あいつが、あの戦場のような現場のどさくさに紛れて、ユニフォームをすり替えたのか？

あり得ないことではない。今にして思えば、前日になって突然立ち会いたいとごり押ししてきたことからして怪しかった。

（あのドブねずみ）

その姑息《こそく》な手口に、腹の底から熱い憤《いきどお》りが込み上げてくる。今すぐ重役室へとって返して近藤の首をギリギリと締め上げたい衝動を、奥村は理性を総動員して堪えた。

暴力は何も生まない。

先代がことあるごとに口にしていた言葉をひさしぶりに胸に還し、自分の中の凶暴な

『漢《おとこ》』を宥《なだ》める。

（クールダウンだ）

怒りのエネルギーを脳に集めろ。頭を使え。打開策を。写真集を救う術《すべ》を。

腕組みの体勢で歩き出し、人気のない廊下を数メートル行ったところで、奥村はぴたりと足を止めた。眉間を指でさする。

待てよ？

数百万単位の印刷費用と引き換えにしてまで、倉田は自分を失脚させようとした。いくらあの男がワンマンだとしても、常軌《じょうき》を逸している。そこまでするほどに自分の存在が邪魔だった。身近にいて欲しくなかった。――ということはつまり。

（俺に探られるとまずいような後ろ暗い『何か』があるわけ、か）

「おい」

ひとり深い思索に入り込んだ奥村に痺《しび》れを切らしてか、入間が後ろから肩をこづいてきた。

「さっきあの馬鹿に言ってた『責任取るっ』て、ここを辞めるってことか」

引き続き思考を巡らせつつ「ああ」とうなずくと、不満げな声が返る。

「いいのかよ？　あんたの大好きなジジイの会社を辞めちまって」

奥村は切れ長の目で、背後の男を見やった。

「辞めるにしても」

つぶやきながらネクタイのノットに指をかけ、くいっと緩める。

「――ただじゃ辞めない」

凄みのある低音と同時、長く封じ込めていた何かを解き放つようにネクタイを荒っぽく引き抜いた奥村に、入間がゆっくりと目を瞠《みは》った。

5

翌日――深夜。

入間のレンジローバーで、明かりの消えた本社ビルへ乗りつけた奥村は、裏口から建物の内部へと侵入した。社長付き秘書だった奥村は、万が一に備え、すべての扉のスペアキーを持っている。そのカードキーを使って人気のない社内へ入り、非常階段で最上階まで上がった。

後ろから、足音を忍ばせた入間もついてくる。

踊り場を出てすぐの壁に左肩をつけ、奥村は首を伸ばして廊下を覗き込んだ。

非常灯に照らされた通路はシンと静まり返っており、ウィーンという電気系統の可動音がかすかに聞こえるのみ。

息を潜め、電気の消えた重役室の様子をしばらく窺《うかが》ってから、奥村は背後を振り返った。

自分の背中に必要以上にぴったりくっついている男を厳しい眼差しで捉え、押し殺した声で囁く。

「引き返すなら今が最後のチャンスだぞ？　証拠を摑むためとはいえ、重役室に忍び込んで中を物色するんだ。しくじればまず間違いなく警察沙汰になる」

奥村の念押しを、しかし入間はひょいと肩を竦めて躱した。

「あの本は俺にとっても腹を痛めたガキ同然だ。救い出せるんなら多少のリスクは負うさ」

物言いは軽いが、間近の双眸は揺るぎない。男の決意が固いことを認めた奥村は、短く息を吐いた。

「わかった。ただし足を引っ張るなよ？　今後の段取りだが、俺が室内に入っている間、おまえはここで待機して見張りを……」

微妙に切迫した声音で指示を出しかけて、ふっと言葉を切る。

「何を笑っている？」

眉をひそめて問うと、入間は、緊迫した場にそぐわないすけべ笑みをますます深めた。

伸縮性のある黒のタートルネックに、やはり黒の細身のボトムといった格好の奥村を、舐めるように視線でスキャンしてつぶやく。

「スーツでビシッと決めてるあんたも禁欲的でそそるが、今日みたいに体のラインがわかる格好ってのはまた別の趣があるな」

にやにやと唇を歪める至近の顔を、奥村は啞然《あぜん》と見返した。

この男は……深夜のピクニックにでも来たつもりか？

むかーっと込み上げる憤りに任せ、入間の足をガッと踏みつける。

「痛っ」

「遊びじゃないんだぞ？　くだらない無駄口を叩くなら帰れ」

低く唾棄《だき》するやいなや踵《きびす》を返し、一歩を踏み出しかけた腕を後ろから摑まれた。ぐっと背後に引かれ、バランスを崩す。

「何す……っ」

怒りの声の途中で、大きな手で口を塞《ふさ》がれた。耳許に「しっ」と囁かれる。上半身を抱き込まれる体勢で、後ろ向きのまま非常階段の踊り場まで引きずられた奥村は、鉄の防災扉の陰へと引き込まれた。

コツ……カツ……。

緊張に強ばった耳に小さく響く靴音。警備員の見回りだ。いつもより早い。

（くそ）

入間と体を密着させた、奥村としては非常に不本意なシチュエーションで息を殺す。

コツコツ……カツカツ……コツコツ……。

ゆっくりとした靴音が、ふたりが身を隠す扉の前を通過していく。

蝶番《ちょうつがい》の一センチほどの隙間を、マグライトの光がかすめる。反射的に身じろいだ奥村を、入間が背後からぎゅっときつく抱き込んできた。

「………っ」

熱い体にすっぽりと包まれ、背中で感じる——引きしまった筋肉の硬い感触。

密着した部分からじわじわと伝わる他人の体温に、奥村のこめかみはひくりと動いた。

入間の手でがっちりと固定された頤《おとがい》の少し下で、こくっと喉が鳴る。

その音が必要以上に大きく——妙にさもしく聞こえて、頬《ほお》がカッと熱くなった。

(何をノロノロしてやがる)

早く行け！　とっとと去れ！

筋違いの憤りを警備員にぶつけつつ、唇を噛み締めて屈辱の時間を耐え忍ぶうちに、靴音がようやく防災扉の前を行き過ぎた。階段を下りる靴音が少しずつフェードアウトしていき、ついに消える。

とたん、奥村は自分を背後から抱き込んでいる男の腕をぺしっと叩いた。

「いつまでひっついてるつもりだ」

「ちぇっ。せっかくいい雰囲気になってたのに、気がきかねぇ警備員だぜ。撤収早ぇよ。ケツも触れてねぇだろーが」

「……おまえはここへ何をしに来たんだ？」

振り向き様、座った半眼で睨む奥村に、入間はすっとぼけた表情で顎《あご》を撫でた。

「いや、なんかあんたがピリピリしてるから、少しばかり緊張をやわらげようと思ってな」

「余計なお世話だ」

入間の無用な気遣いをピシャリと撥《は》ねのけ、これ以上ない冷たい口調で告げる。

「時間をロスした。急ぐぞ。念のため、さっきの段取りを繰り返す。俺が室内に入っている間、おまえはここで待機して見張る」

「嫌だ」

子供のような即答に、奥村は眼光を強めた。

「入間」

「一番おいしいとこを独り占めはないだろ？　相棒」

「誰が相棒だ」

低い声で凄んだが、入間はひょうひょうとした表情を変えない。

「中でブツが見つかった場合、俺の腕が必要になってくるんじゃねぇのか？」

ワークパンツのポケットから小型のカメラを取り出し、嘯《うそぶ》いた。

「現物盗《と》ってくるわけにゃいかねぇだろ。それじゃマジモンのこそ泥だもんなぁ」

「…………」

いつ、どんな状況でも写真屋根性は忘れない男の不敵な顔を、しばらく無言で見据え、やがて奥村はふいっと顎をしゃくった。

「ついてこい」

身を翻し、厳しい声で釘を刺す。

「その代わり死んでもしくじるなよ。ここで捕まったら明日のゴシップ欄のトップだぞ」


重役室のドア、そして倉田のデスクの抽斗《ひきだし》の鍵を、奥村は細いピックと先端の曲がったテンションの二本を操り、いともたやすく開錠した。

「あんた、すげー技持ってんな」

感嘆したような入間の声に、自嘲《じちょう》気味に答える。

「昔取った杵柄《きねづか》ってやつだ」

養護施設を飛び出し、行き場を失っていた時代の名残《なごり》。

チンピラの使い走りなどをして小銭を稼いでいた奥村は、手先の器用さを見込まれ、その道で有名な鍵師のオヤジにピッキングの技術を仕込まれた。当時は今日を生き抜くことに必死で、ヤバい橋と頭でわかっていても渡るしかなかったのだ。

先代と出会い、更生してからは固く封印し、二度と解くことはないはずだったが。

「かつてはこれで食っていた時期もあった。……軽蔑《けいべつ》するか」

奥村の問いかけに入間は目を細めた。ほどなく、ひょいっと肩を持ち上げる。

「スキルはないよりゃあったほうがいいんじゃねーか?」

あっけらかんとした物言いに虚を衝かれ、奥村は目の前の男をまじまじと見た。

「一流企業があっけなく倒産するご時世だしな。現に今、役に立ってるわけだし」

「………」

前向きすぎる男に毒気を抜かれたせいか、過去を引きずり、うじうじ悩んでいた自分が馬鹿馬鹿しくなってくる。

(なるほど。ものは考えようだな)

「次の巡回の二時間後までに隠し帳簿と通帳を探し出す。通帳は異なる銀行のものが数種類あるはずだ。——電気は点《つ》けるな。手袋をして指紋も残すなよ」

ふっ切れた顔つきで入間に指示を出すと、奥村自身は壁面に設《しつら》えられたクローゼットの鍵を攻略にかかった。

特に細工のないシングル・ピンタンブラーだ。ピンは四つ。基本どおり奥から押して、全部のピンが落ちるまでに約五分。テンションを回すとシリンダーが回転した。

扉を開けた中に、さらに鍵つきの書類ケースが現れる。やはり五分ほどでロックを外し、中から書類を取り出した。束になったそれらを床に広げ、ペンライトで照らしながら一枚ずつ念入りにチェックする。

倉田が自分から隠そうとしているもの。

まず間違いなく金がらみだろう。もともと愛社精神など欠片《かけら》もない男だ。会社を私腹を肥やす道具と考えてもなんら不思議はない。

おそらく倉田は、着服した会社の金を隠し口座にプールしている。

「……ねぇな」

デスク回りを担当していた入間が、ため息混じりの声を零した。奥村も、物色《ぶっしょく》した書類を元どおりに戻してクローゼットの扉を閉める。さらにふたりがかりで部屋のすべての抽斗を暴《あば》き、デスクの天板裏や装飾用の壺《つぼ》の中まで探ったが、それらしきものは見つからなかった。

そろそろ警備員が戻ってくる時間だ。

焦燥に眉根を寄せ、腕時計を睨んでいた奥村は、固い声でつぶやいた。

「ひとまず引き上げよう」

6

倉田の性格からいって、いざという時すぐに確認できる場所に隠していると踏んだのだが、予想は外れてしまった。

会社じゃないとすると自宅か？

いや、自宅には妻である先代の娘がいる。小心な倉田のことだ。わずかなリスクも避けるはずだ。かといって銀行の貸し金庫などでは、査察の手が及ぶ危険性がある。

会社の人間がまず知りえない、プライベートな隠し場所……となると。

消去法でそこまで辿り着いた奥村の脳裏に、とある場所が浮かんだ。

翌日夕刻。

帰宅する倉田を、奥村と入間は新宿《しんじゅく》の路上で張った。

午後七時過ぎ、本社ビルの地下駐車場から黒塗りのベンツが音もなく現れる。

運転手には任せず、自らハンドルを握る倉田を、ローバーの助手席から確認した奥村は、運転席の入間を促《うなが》した。

「追ってくれ。気づかれるなよ」

「任せろ。そういや運転が上手い男はエッチも上手いらしいぞ。知ってたか？」

何事にも一言多い男を、視線は倉田のベンツに据えたまま、奥村が肘《ひじ》でガツッと小突《こづ》く。

「いてーよ。なんでそう凶暴なんだ、あんた。んなきれいな顔してるくせに」

「いいから早く出せ」

「はいはい。ったく……この俺を運転手扱いするなんて、世界広しといえどもあんたくらいだぜ？」

ぼやきつつも、入間がレンジローバーを発車する。

たしかに自慢するだけあって、入間の運転は危なげなく安定していた。つかず離れず前方のベンツを追跡すること約三十分。倉田のベンツは、世田谷区《せたがやく》三宿《みしゅく》の瀟洒《しょうしゃ》なマンションの地下へと消えた。

入間のローバーも一定の距離を置き、緩やかなスロープを下る。

薄暗く、人気のないそこは地下駐車場で、薄闇に目を凝《こ》らすと、右奥のエレベーターの前に立つ倉田が小さく見えた。やがてスライドドアが開き、中年太りのスーツ姿が箱の中へ消える。

それを見計らってドアを開け、助手席からコンクリートの地面へと降り立った奥村は、エレベーターまで駆け寄った。

奥村の到着とほぼ同時に、点滅ランプの上昇が停まる。どうやら愛人の部屋は七階らしい。

「エロオヤジ、いつまでしけこむつもりなんだか」

背後の低音に振り返ると、入間が発光する『7』の数字を睨んでいた。

「お泊まりだったらサイアクだな。いっくら若い女が相手でも、あのメタボ体型じゃそう何発も決められねぇとは思うが、最近はクスリで勃《た》たせる手もあるからなぁ」

もっともらしい下世話な見解はまるっと無視して、奥村は低くつぶやいた。

「明日の朝、五十周年記念式典の前に倉田の社長就任を決める臨時の株主総会が開かれる。気の小さい男だから、今日はそう遅くならないうちに自宅へ戻るはずだ。……とりあえず、車の中で待とう」

出口に一番近いゲスト用のスペースに車を移動し、奥村と入間は車内で倉田を待った。

男が消えたエレベーターを睨んだ状態で、じりじりと根比べのような一時間半が過ぎる。

初めはひとりであれこれしゃべっていた入間も、奥村が相手にしないでいると諦めたのか、銜え煙草《たばこ》で手許のカメラを弄《いじ》り始めた。

「ストロボが使えねぇとなると、フイルムの感度を上げるにしても厄介《やっかい》だな。距離を考えると長ダマか？　けどこの光量で望遠ってのもな。ズームも一本用意しておいて、状況によってボディを交換するか」

ぶつぶつと一眼レフカメラに話しかけながら、アルミケースから長さの違うレンズを数種取り出し、装着しては、そのたびファインダーを覗く。

（まるでオモチャを抱えたガキだな）

顎の不精髭とはまるでそぐわない、稚気《ちき》溢れる横顔をちら見して、奥村は心中で呆れた。仕事で毎日、それこそいやってほど触っているだろうに、まだまだ楽しめるらしい。好きなことを仕事にして、これだけ自由気ままに生きられたら、そりゃあ人生楽しいだろうよ……。

年寄りくさい感慨に耽《ふけ》っていると、オモチャを抱えたガキがちっと舌を打った。

「くそ。……ヤニが切れた」

マルボロのパッケージを潰すグシャッという音と重なるように、駐車場のコンクリートの壁がウィーンと振動する。長く沈黙していたケージがふたたび可動し始める気配。

「おい、動いたぞ」

奥村の声に反応し、入間がすかさずエンジンを切る。明かりの落ちた車内で息を殺し、十数メートル先のエレベーターをじっと見守る。

上昇したランプが七階でいったん停まり、階数表示を点滅させながら、ゆっくりと引き返してきた。暗闇に身を潜めるふたりの視線の先で、扉がするするとスライドし、中から金髪の派手な女と倉田が寄り添うようにして降りてくる。遠目にもわかるほどデレデレに相好《そうごう》を崩した倉田は、愛人とべったり腕を組んでいた。

「待ってましたよ、おふたりさん」

入間が嬉しそうにつぶやき、サイドウインドウから身を乗り出すようにしてカメラを構える。

人目がないことにすっかり油断して、あからさまにいちゃつくふたりをターゲットに、入間が立て続けに消音シャッターを切った。ふたりが近づいてくると、今度はレンズの短いカメラに替え、ファインダーを覗きながらひとりごちる。

「パパラッチにでもなった気分だぜ」

最後にねちっこいキスシーンを三分近くも披露《ひろう》したのちに、倉田はベンツへ乗り込んだ。女に手を振って発車する。

去っていく車を、やはり手を振りながら見送った女が、車体が完全に視界から消えるなりくるりと身を返し、軽やかな足取りでエレベーターへ戻っていった。

「四十二点」

フロントウインドウの前を女が行き過ぎた直後、入間が口を開く。

「かなり化粧でごまかしてるが、ありゃ案外ババアだぜ。肌も傷んでるし目も整形。そこそこ胸はあるがケツが平たい。俺ならあの程度の女にゃビタ一文使わねぇな」

入間の辛辣《しんらつ》なコメントを受けて、奥村が冷静な評価を下した。

「三十七点。甘える演技がわざとらしい。減点5だ」

入間が大口を開けて笑う。

「厳しいねえ。ま、そこいらの女よりよっぽど自分が美人だからな。しょーがねぇか」

くだらない戯言《ざれごと》には取り合わず、奥村は確認した。

「上手く撮れたか？」

「だから誰に訊いてんだって。なんならこいつをB全大に引き伸ばして、あんたの会社の廊下に連貼りしてもいいぜ」

鷹揚に請け合った入間が、不意に真顔になった。

「なぁ、あの女、本当にこれから出かけると思うか？」

「今夜はもうパトロンの訪問がないとなれば、夜遊びに出かける確率は高いだろう」

奥村の推測に、大造りな顔をしかめる。

「俺はさ、何が嫌って『待ち』がこの世で一番嫌いなんだよ。特に狭っ苦しい場所で身動きできねぇとなると……さっきのが限界だ。キャパ超えた」

「たかが一時間半で弱音を吐くな。堪え性のない男だな」

「忍耐とか お預けとか放置プレイとか、聞いただけでチンチン萎《な》えるぜ。あー、やだやだ。

ヤニも切れたし、もう十分も保《も》たねえ。退屈で死ぬ……」

人並み以上に大きな体で駄々をこねる三十男を、奥村は呆れたように見やった。

「おまえ幾つだ？　いい加減忍耐も覚えろよ」

「それでもここんとこ……あんたに会ってからはかなり耐えてるけどな」

せめてもの煙草の代用のつもりか、唇の端に銜えたボールペンをぶらぶらさせて入間がつぶやく。

「左様《さよう》ですか、おぼっちゃま、それはそれはお偉いことで」

もはや相手にするのも馬鹿らしくなり、奥村はおざなりに返事をした。

「何度もチャンスがあったのに押し倒さなかった。俺にしちゃ驚異だ。素晴らしくがんばっている」

見当はずれの自画自賛に眉根が寄る。

「いばるな」

「決めたんだよ。無理強《じ》いはしないって」

入間の声が色を変え、奥村は小さく身じろいだ。

「欲しいのは体だけじゃねぇからな。クールに見えてその実熱血なとこも、美人なくせに誰より侠気《おとこぎ》があるとこも、色っぽいわりにお堅いとこも——全部ひっくるめて、丸ごと手に入らなきゃ意味がない。……だから、あんたがその気になるまで待つ」

どこかひょうひょうとして摑み所のなかった今までの調子とはがらっと違う、真摯な声。

写真を語るのと同じ熱を持つ、生真面目な台詞を耳にした刹那、狭い車中にふたりきりというシチュエーションに息苦しさを覚える。

(卑怯者《ひきょうもの》)

突然キャラクターを変えるんじゃない。

おまえって男はなんでそういつも不意打ちで唐突《とうとつ》なんだ。

心臓が、とくん、とくん、と脈を打つ。

とくん、とくん、とくん。

意識するほどに、鼓動が大きくなっていく。

だけど、常より脈が速い自分を認めたくはなくて――。

「一生待ってろ」

低く吐き捨てた直後だった。エレベーターの可動音に奥村は肩を揺らした。いつの間に動いていたのか。スライドドアが開き、ケージの中から金髪の女が降りてきた。

(来た!)

ロックを外して助手席のドアを開ける奥村を、入間が驚いた顔つきで見る。

「おい、どこへ行……」

「早速《さっそく》の『待ち』だ。静かに待機してろよ」

犬でも躾《しつ》けるように言い置くと、車から降り立った奥村は、俯《うつむ》き加減に歩き出した。シャネルのバッグのチェーンをクルクル振り回す女との距離を詰める。

すれ違い様、わざと女の肩にドンッとぶつかった。

「キャッ」

衝撃の反動で、バッグが女の手を離れ、コンクリートに落下する。留め金が外れて口が開き、小物が一面にぶちまけられた。

「何すんのよっ」

「失礼」

すかさず身を折り、散らばった口紅や財布などを手早く拾い上げた奥村は、最後にブランドもののバッグを手に取った。

「よそ見をしていてすみませんでした」

謝りながら、小物を中に戻したバッグを差し出す。

細身のシングルブレステッドスーツにシャツの第一ボタンを開けた奥村の、すっきり整った貌を見た女が、ゆるゆると目を見開いた。瞠目したまま今度は全身に視線を移し、改めて息を呑む。

「お怪我《けが》はありませんでしたか」

「あ……うん、大丈夫」

「よかった」

ほっと息を吐いた奥村は、先程三十七点という辛口なジャッジを下したことなどおくびにも出さず、女に向かってにっこり笑いかけた。すると、色香すら漂《ただよ》うその美貌に、女がぽーっと見惚れる。

「失礼ですが、こちらのマンションの方ですか？」

「あ、はい」

「実はここの七階に空き部屋が出たという連絡をもらって、下見に来たんです。できれば住人の方の率直な意見をお聞きしたいと思いまして」

女の顔がぱぁっと輝いた。バッグを抱きしめて叫ぶ。

「すっごい偶然！　あたしも七階なの！」

「それは奇遇ですね。……ひょっとしたらご近所になるかもしれない」

切れ長の双眸でまっすぐ見つめて低く囁くと——入間いわく整形の——大きな目がうっとりと瞬《またた》いた。

「どうですか、陽当たりなどは？」

「うちは南向きの角部屋だから、陽当たりはバツグンよ」

「角部屋ですか。それは羨《うらや》ましいな」

その後も二言、三言、雑談をかわしたあとで、頃合を見計らい、奥村は腕時計に目線を走らせた。

「ああ……すみません。すっかりお引き留めしてしまった。でもとても参考になりました。ありがとうございました」

「また会えたらいいね。もし越してきたら声かけてね」

女のねっとりとした視線にふたたび微笑《ほほえ》む。

「ええ、ぜひ」


女は名残惜しそうな秋波《しゅうは》を奥村に送りつつも自分の車に乗り込んだ。真っ赤な国産車が駐車場から消えるのと入れ違いに、ローバーから入間が降りてくる。

エレベーター前に立つ奥村まで大股で近づいてきて、横に並ぶなり「色男」と吐き捨てた。

「なーに色気まき散らして口説《くど》いてんだよ？」

「おまえと一緒にするな」

つれなく流して開閉ボタンを押す。

（こっちは男も女も公も私もごっちゃのおまえとは違うんだよ）

別れた女のブラジャーを寝室にいつまでも放置しておくような……そこで別の人間と平気

で寝るような無神経とは、根本から、人間の造りが違うんだ。

喉許まで迫り上がってきた憤懣《ふんまん》を呑み下し、口を開けた箱に無言で乗り込む。

身を返した奥村は、まだ不機嫌そうな表情で突っ立っている入間を冷たく促した。

「早く乗れ。――女の部屋は七階の南端の角部屋だ」

七階で降りたふたりは、外廊下を最奥まで行き、鉄の扉の前に立った。女の部屋に表札はない。おそらく名義が倉田になっているのだろう。

奥村は上着のポケットから、テディベアのキーホルダーを取り出した。ホルダーにぶら下がっている銀色の鍵を摑み、鍵穴に差し込んだとたん、背後の入間があわてた声を出す。

「ちょ……待て！　なんだよ、その鍵は？」

「借りた。すぐ返すさ」

鍵を回しながら平然と答える奥村に、入間が眉をひそめる。

「って、さっきのドン！　あれ、ひょっとしてわざとか？　あん時どさくさに紛れて鍵をくすね…」

「人聞きの悪いことを言うな。借りただけだ」

入間の台詞をピシャリと遮《さえ》ぎり、奥村は女の部屋のドアを開けた。革靴を脱ぎ、室内に足を上げるその後ろで、しみじみとした声が落ちる。

「あんたって男はつくづく奥が深いよなぁ。知れば知るほど、もっと深く知りたくなるぜ」

「……知らないほうが幸せなこともあるぞ」

女の部屋は、リビングと寝室、そしてキッチンから成る1LDKだった。

意外や少女趣味らしく、大きさも色もルックスも様々なクマのぬいぐるみがあちこちに点在している以外は、これといって特徴のない部屋だ。思ったよりこぎれいに片づいている。

(いっそ、こいつの部屋くらい汚れていると助かったんだがな)

まるで悪びれずに他人の部屋へ堂々と足を踏み入れ、もはや堂に入った様子で薄手袋をはめる入間を横目に、奥村は内心でつぶやいた。

この男くらい無神経なら、物の置き場所やレイアウトにも頓着《とんちゃく》しないだろうから、さほど気を遣《つか》わずに物色できるのだが。

「物色の痕跡《こんせき》は残すなよ。動かす前に位置や順番を記憶しておいて、出来る限り元どおりに再現すること」

「へーい、わかったよ」

「車で出かけたからには、終電前に戻ることはないだろう。とはいえ、早く終わらせるに越したことはない。巻きでいくぞ」

奥村はリビング中心、入間はその他と受け持ちを決めると、早速二手に分かれて探索を開始する。

「つーか、妙に手慣れてきたな。写真で食いっぱぐれたらこっちで稼ぐか」

キッチンの戸棚を探りながら入間がぼやく。

「……にしてもここの調味料やらなんやら、全部賞味期限切れてんぞ。げっ、ケチャップ黴《か》びてやがる。あーあ、ちゃんと蓋を閉めねぇから。締まりの悪い女は嫌われるぞー」

「口はいいから手を動かせ。第一、ゴミ溜めに住んでいるおまえに他人《ひと》のことが言えるか」

「俺は食いもんには神経質なんだよ。おととしの夏、熟成を極めた肉に当たって、どえらい目に遭ってな」

「……どこが神経質だ」

「肉はなんてったって腐りかけが美味《うま》いからなぁ」

部屋の端と端に離れ、時おり殺伐《さつばつ》としたやりとりをかわしつつの家捜しが続く。だが、目指す物的証拠はいっかな見つからない。

抽斗や戸棚は総ざらいした。さらには隠し場所になりそうなスペースも残らず、どんな小さな空間でもチェックした。ベッドのマットレスの間を探り、あらゆる隙間をマグライトで照らし、果ては冷凍庫の中までさらった。

それでも見つからない。

奥村は焦燥を覚えた。

手応《てごた》えのないままに時間だけが刻々と過ぎる。明日の朝までに着服の証拠を見つけられなければ、倉田の社長就任が決まってしまう。

——愛人宅という憶測が外れたか。

嫌な予感に、覚えず顔つきが険しくなる。

さらに、山積みの雑誌を一冊ずつふるいにかけた一時間強が不毛に終わった瞬間、重苦しい徒労感がどっと押し寄せてきた。

「くそ……っ」

思えば——昨日からほぼ不眠不休な上に、ろくな栄養補給をしていない。

疲れるはずだ。

体力的な限界を自覚した刹那、屈辱的な土下座以来、張り詰めていた糸がふつりと途切れるのを感じた。

全身から急激に力が抜け落ち、ソファにずるずると沈み込む。酷使した足腰がギシギシと悲鳴をあげ、思い出したように持病の偏頭痛が顔を出す。

初めは小さかった兆しは、数秒で耐えがたい苦痛へと変わった。ズキズキと頭の片側が激しく痛み、その断続的な締めつけに、奥村はきつく顔をしかめた。

「どうした？　何をヘタレてる？」

痛みに歪んだ顔をのろのろと上げると、仁王立《におうだ》ちの入間が見下ろしている。サングラス越しに訝しげな眼差しを浴びて、奥村は圧《お》し負けるみたいに視線を落とした。気弱な声が零れる。

「……ここじゃなかったかもしれない。だが、次を当たろうにも、もう時間がない」

腕時計の針は午前三時過ぎを指していた。これから別の場所で一から仕切り直すには、あまりに時間が足りない。

「明日の午後には……本は焼却に回される。もう……間に合わない」

頭上から、ちっと舌打ちが落ちてきた。

「らしくもねぇ弱音吐《は》いてんじゃねぇよ」

入間がサングラスを剝ぎ取り、愛用のそれをソファの奥村に投げつける。血走った目つきで室内を見回していたかと思うと、不意に踵を返し、リビングをズンズン出ていった。

「…………」

痛む頭を抱え、しばらく足許のサングラスをぼんやりと眺めていた奥村は、隣室から届くガタガタという荒っぽい音で我に返った。

ガツン、ガコン！　バシッ、ガンッ！

聞くだに乱暴な音にソファから飛び上がり、あわてて音の発信源へと駆けつける。

奥村が足を踏み入れた時、すでに寝室は、入間の容赦《ようしゃ》のない蛮行によって無惨に荒らされていた。

ベッドの上にぶちまけられた色とりどりの下着。床に散らばるアニマル柄の服。足に何かが当たる感触に下を向くと、ピンクローターが転がっていた。三十センチ離れて、開封前のコンドームの箱。点々と散らばる生理用ナプキン。ライトスタンドの笠に引っかかっているのはシースルーのパンティ。枕の上には片足だけのミュール……。

乙女《おとめ》の秘密をこれでもかと暴きったカオスのただ中で、暴君入間はクローゼットの中からブランドもののバッグを摑み出し、中身を確認した端から次々と床へ放り投げていた。

(無茶苦茶だ)

一体なんのために今まで手間暇をかけ、慎重を期してきたのか。すべての労苦を無にする荒業に絶句して、奥村は立ち尽くした。

「おまえ……何して」

「元どおりにしろとか痕跡残すなとか、んな小せぇこと気にしてチマチマ探してっから、肝心なブツが見つからねぇんだよ」

「そういう問題かっ！」

カッとなって怒鳴りつけ、粗暴な男を体で止めようと一歩踏み出した奥村は、唐突なタイミングで振り返った入間と目が合った。ギラギラと好戦的なオーラに怯んだ直後、入間が色素の薄い双眸をすっと細める。

「思ったんだが」

一転、思案げな視線を奥村に向けて、やおら口を開いた。

「見るからに猜疑《さいぎ》心の強そうな倉田が、心底あの金髪女を信頼しているとは思えねえ。……

大事なお宝は、女にそれと知られないように隠すんじゃねぇか？」

かつてないほど真剣な顔つきに、奥村も気を削《そ》がれる。

「……かもしれない」

「つまり――日ごろ女の目に触れるような、場所にはないってことだ」

「……可能性はある」

奥村が肯定すると、入間は首をゆっくりと捻《ひね》り、ベストな構図を探るフォトグラファーの目つきで、室内をぐるりと見回した。天地左右を行き来していた鋭い視線が、まるでセンサーが反応したかのように、ベッドのあたりでピタリと止まる。長身がバッと翻り、大きなストライドでベッドまで近寄った。

「もし俺が倉田なら」

言いながら手を伸ばし、緑色のリボンを首に巻いた――子供ほどの大きさの『それ』をむんずと摑み上げる。

「ブツを仕込んだものを、そ知らぬ顔でプレゼントする」

巨大なテディベアを左腕でヘッドロックした入間が、右手を背中の縫目にズブッと差し込んだ。

「あっ……おまえっ……何す……よせっ！」

奥村の制止もあえなく、大きな手はズブズブと奥深くめり込んでいく。その上あろうことか、体の中から綿を引き出し、床にぶちまけた。

(……あぁっ)

これでもう、どこへ出しても恥ずかしくない、立派な不法侵入のいっちょ上がりだ。

フローリングに飛び散るクマの『内臓』を呆然と見下ろしているうちに、奥村は目の前が暗くなるのを感じた。

全身の力が一気に抜けて、がっくりと肩が落ちる。

目の前の男への怒りよりも、今は疲労感のほうが大きかった。

終わった。すべてが……。

その場にしゃがみ込んでしまいそうな自分をかろうじて堪え、頽《くずお》れそうな膝を両手で支えていた奥村の目が、ふっと瞬いた。

わずかに上げた視線の先——そこに、何かがブラブラと揺れている。

「………」

うつろだった奥村の目が、徐々に、ゆっくりと見開かれた。

入間のごつい手が無造作に握るビニール袋。

綿にまみれたその中には、数種類の通帳と書類らしき束が透けて見えた。

「……っ」

「あんたが探してたのはこいつか?」

低い声で問いかけ、入間が右手をパッと開く。落下する寸前、奥村は飛びつくようにしてそれをキャッチした。ビニールから取り出すのももどかしく、中身を床にぶちまける。

倉田名義の銀行通帳が数冊。そして透明フォルダーにまとまった書類。

昨日から血まなこで探し続けていたものが、そこにはあった。

(見つけた!)

両手をぎゅっと握り締める。

これで、写真集を破棄せずに済む。

先代の愛した会社を救うことができる……。

「しっかし考えたよな、エロオヤジ」

頭上から落ちるとぼけた声の主《ぬし》――不本意ながらもいまや白美《はくび》ユニフォームの恩人とも言うべき男を、奥村は仰ぎ見た。

「こいつに仕込んでおけば、ベッドでくんずほぐれつしながらチェックできるもんなぁ」

眩《まぶ》しいものを見るように細めた視界の中で、逆光でもはっきりと彫りの深い造作《ぞうさく》が、子供みたいに笑っていた。

7

翌朝、奥村は自宅の前で倉田を待ち伏せした。

夏場でもめったに上着を脱がない秘書がノーネクタイで佇む姿を見て、倉田は一瞬驚きの色を顔に浮かべたが、それはすぐ不快な表情にとって代わられた。

「こんなところで……朝からなんの用だね」

憮然とした問いかけに、奥村は静かに切り出した。

「本日は専務にお願いがあって、ご自宅までお邪魔しました」

「お願いだと？」

「はい。お願いしたい件はふたつあります。ひとつは写真集の件です。こちらの破棄処分を撤回していただきたい」

「何かと思えばくだらない。何度も同じことを言わせるな。あれは決定事項だ。きみが泣こうがすがろうが、昼には一冊残らず焼却する」

「それともうひとつ」

当てこするような倉田の皮肉口調をあっさり受け流し、奥村は淡々と言葉を継いだ。

「本日、九時からの株主総会で、社長就任を辞退していただきたいのです」

「な、なんだと？」

倉田が鳩が豆鉄砲を食らったような顔つきをする。

「あなたはトップの器《うつわ》に相応《ふさわ》しくない。先代が生きておられたら、やはり同じ判断を下されたと思います」

奥村の断罪に、一転、倉田はくっと嗤《わら》った。

「職を失って頭がおかしくなったのか？　以前は先代という後ろ楯《だて》もあって、『白美に奥村あり』とまで言われたきみがね。今となってはただの無職の三十男だ。哀れなもんだな」

あからさまな嘲笑《ちょうしょう》を浴びせかけられても、奥村は顔色ひとつ変えなかった。怜悧《れいり》な眼差しを向けたまま、低音を紡《つむ》ぐ。

「おかしいのはあなたのほうです。本来なすべき仕事を放棄し、会社の金を横領して私腹を肥やすことしか考えていない」

倉田のこめかみがぴくりと震えた。

「一体、何を根拠に……」

語尾が不自然に途切れ、ごくりと唾《つば》を呑む音が響く。

奥村が無言で掲げた写真の束に、倉田の顔はみるみる青ざめた。

「か、貸せっ」

ひったくったそれを、食い入るように見つめる。

愛人宅の床に置かれた——解体済みのテディベア。その横に、それぞれ種類の違う銀行通帳が五通。架空の取り引きを騙《かた》った偽造文書の数々。隠し帳簿。倉田名義の愛人のマンション賃貸契約書もある。最後の数枚は、倉田と女のべたべたツーショットだった。

すべて、明け方四時に事務所に戻った入間が手焼きで焼いたものだ。さすがはプロというか、あの状況下でもきちんとふたりの顔が判別できる仕上がりだった。

写真を持つ手がぶるぶると震え出す。おこりのような小刻みな震えが、たちまち全身に回った倉田を厳しく見据え、奥村は厳しい声音《こわね》で告げた。

「それはお持ち帰りください。ネガ、及びデータはこちらで保管しています。あなたがこちらの要望どおりに社長就任を辞退すれば、これらの写真は公《おおやけ》にしません。彼女とのツーショットを奥様に見せるような無粋《ぶすい》な真似も致しません。……これからは、一取締役として、良き父親として、会社と家庭に尽くしてください。それが天国の先代の希望でもあると思います」

「…………」

言葉もなくうなだれる倉田に一礼すると、奥村は踵を返して歩き出した。

路肩に停めた丸目のレンジローバー。

そのモスグリーンの車体に寄りかかって煙草を吸っていた入間が、戻ってきた奥村を見て吸い差しを足許に落とした。ごついワークブーツの踵《かかと》で踏み潰す。

「どうだったよ？　エロオヤジとの対決は？」

目が合う距離まで近寄ったところで、問いかけてくる。

「かなり堪えていた」

「まーそりゃな。自業自得とはいえ、ほんの数ミリ先にあった社長の座が一夜で泡と消えたんだから、そりゃショックでかいわな」

「しばらくは様子見だが、元来が小心な男だから、あの様子ならばおそらくは大丈夫だろう。……別にすべてを失ったわけじゃない。分相応の自分に戻るだけだからな」

愛車のボンネットに片腕をかけ、奥村の冷静な分析に耳を傾けていた入間が、不意に白くて頑丈な歯を見せた。

「しっかしあんたも人が悪い。一見汚れひとつないみてーな高潔な面して、ひと皮剝《む》けばとんでもねぇ本性が出るわ出るわ……。あんまり裏表が激しいと嫌われるぜ」

「おまえに言われたくない」

奥村の心底嫌そうな声に、にっと笑う。

「嫌われ者はお互い様か？　ま、とりあえず写真集は助かったしな」

「……ああ」

「これであんたも会社を辞めないで済む」

奥村が首を横に振ると、入間は銜えかけていた新しい煙草を引き抜き、怪訝な表情をした。

「なんだよ？　倉田の弱みを握ったんだぜ？　写真集は無事に出るし、あんたが会社を辞める理由はもうないだろーが」

「だから……辞めさせられるわけじゃない」

奥村は静かに言った。

「自分で辞めるんだ」

瞠目する男を見つめて、自らの心情を嚙みしめるように言葉を紡ぐ。

「あの夜――俺がおまえを殴ったあの夜。あの時は先代を侮辱《ぶじょく》されたと頭に血が上《のぼ》ったが……。だが今にして思えば、おまえの言葉は正しかった。俺は、無意識のうちに自分で自分を会社に縛りつけていた。……というより、そこにすがっていたのか」

先代は死の間際、『これからは好きに生きろ』と言い遺《のこ》した。だが自分は、その解放の言葉を受け入れることができなかった。

恐かったのだ。ふたたびひとりで歩き出すことが。先代への忠誠という大義名分を失い、自由という茫洋《ぼうよう》とした海へ泳ぎ出すのが恐かった。

自由になったとたん、またあの荒んだ生活が戻ってくるような気がして……。

だから、会社のため、先代のためという大義名分にすがった。

過去を封印し、本当の自分を押し殺し――。

それに気づかせてくれたのが入間だった。

入間亘という男の、何ごとにも囚われない自由な精神に触れるうちに、反発しながらも自分は……いつしか、自らが課した枷《かせ》を外したいと思うようになった。

誰かのために生きるのではなく、もう一度自分のために生きたいと思った。

「先代への恩義は一生消えないが、それと自分の人生のあり方はまた別の話だ」

素直な独白を、黙って受け留めていた入間が、奥村が言葉を切るのを待っていたように口を開く。

「じゃあ、今日からあんたはフリーなわけだ」

「三十二にして無職ってのも心許《こころもと》ないが仕方ない。ボチボチやるさ」

いっそすっきりした表情でさばさばと言い切ると、入間が顔を近づけてきた。

不敵で不遜《ふそん》で――それでいてかすかな甘えが混じるような、タチの悪い笑みを浮かべる。

「なぁ、俺のマネジャーになれよ」

突然の勧誘に奥村は眉をひそめた。

「……写真のことなんか何も知らないぞ」

「別に写真なんか知らなくていい。俺のことさえよーく、体の隅々まで知ってりゃな」

太い腕が肩に伸びてくる。それを邪険《じゃけん》に振り払い、奥村は馴れ馴れしい男を冷たく突き放した。

「それとこれは話が別だ」

「冷てーな」

一瞬傷ついた顔をした入間が、すぐに「そこがいいんだけどよ」と強がる。

頑強な肩に小さな哀愁《あいしゅう》を背負う男を後目に、奥村はさっさと助手席へ乗り込んだ。ややして、煙草を一本灰にした入間も運転席に乗り込んでくる。

「さて、これからどーする？　あんた、式典には出るのか？」

ハンドルに凭れて、入間が訊いてきた。

「ああ、午後から顔を出す。――おまえは、今日の仕事は？」

「俺は夕方からスタジオ撮影が一本」

疲労がうっすら浮く横顔をちらっと見やってから、奥村はさりげない口調でつぶやく。

「徹夜で動き回ったせいか、体が気持ち悪いな。……とりあえずシャワーが浴びたい」

ピクッと入間の肩が揺れた。くるっと首が回る。横顔に食い入るような凝視を感じ、奥村は居心地悪く尻をもぞつかせた。

「今、なんて言った?」

「だから……シャワーを浴びたい……」

繰り返しながら、だんだんと背中が汗ばみ、こめかみが熱くなってくる。

(何度も言わせるな、馬鹿っ)

「それって……どういう……意味だ?」

真意を探るような声。

奥村は顎を反らし、できうる限りの傲慢な口調で命じた。

「いつまでも人の顔を見ていないで、とっととおまえの部屋へ連れていけ」

8

入間の使うシャワーの音が浴室から聞こえてくる。

借り物のバスローブを羽織《はお》った奥村は、黒髪から雫《しずく》を垂らしつつ、寝室のドアを片足で蹴り開けた。ちっと舌打ちが落ちる。

そこは、二ヶ月前の記憶と寸分違《たが》わずに汚かった。

ブラインドの隙間から漏れる薄い陽射しの中、殺伐とした室内に足を踏み入れた奥村は、まずは床に落ちている衣類を手当たりしだいに掻き集め、廊下《ろうか》へと放り出した。ベッドの上に散乱していた雑誌やCDは、クローゼットの中にまとめて押し込む。その棚の奥からクリーニング済みのシーツを見つけ出し、少なく見積もっても三ヶ月は交換されていなさそうなシーツと替える。剝ぎ取ったシーツは、これも廊下へ投げ出す。

その他こまごまと応急処置を施し、魔窟《まくつ》をかろうじて表面上だけでも人間の住処《すみか》に改造した奥村は——最後、ふと何かを思いついたように廊下へ出た。衣類の山を切り崩してしばらく探ると案の定、『それ』が出てくる。

やはり、あのまま放置されていたらしい。

顔をしかめ、いつかのように透け透けの黒ブラジャーのストラップを指で摘み上げ、キッチンまで行った。ダストボックスの蓋《ふた》を足許のペダルを踏んで開き、パッと手を離す。落下したそれが、ゴミにまみれる様を高みから見下ろし、わずかに溜飲《りゅういん》を下げていると、背後でドアの開く音がした。

褐色の裸体の腰にバスタオルを巻いただけの入間が、仄暗《ほのぐら》い愉悦《ゆえつ》を口許に浮かべてゴミ箱を覗き込む奥村に、ぎくっとたじろいだ。

「何してんだ？」

「別に……」

嘯いてダストボックスの蓋を閉め、澄ました顔でキッチンを離れる。リビングのソファに腰を下ろすと同時に、入間の声が届いた。

「ビール、呑《の》むだろ？」

答えようと顔を上げた時には、男はもうロングサイズの缶ビールを両手に下げて立っていた。ローテーブルを挟んで奥村と向かい合うように腰を下ろし、フローリングに胡座《あぐら》をかく。プシッ、プシッと続けてプルトップを引き、そのうちの片方を「ほら」と差し出してきた。

「おまえがシャワーを浴びている間に電話で確認したが、倉田は社長就任を辞退したそうだ。現在代行を務めている取締役がそのまま社長に就任することで、一応場は納まったらしい。

写真集のほうは無事会場に納品されて、あとは配布を待つばかりだ」

「そうか、良かったな」

入間の口許がふっと綻《ほころ》び、缶を掲げてつぶやく。

「んじゃ俺たちのかわいいベイビーの門出《かどで》を祝って乾杯といこうぜ。——乾杯」

「乾杯」

奥村も受け取ったアルミの缶を掲げる。ダイナミックにロング缶を呷《あお》った入間が、喉をゴクゴク鳴らしながらビールを流し込んだ。

奥村自身は口をつけずに、本当に美味そうにビールを空にしていく男をぼんやりと眺めた。

野性的に上下する喉仏。補給した水分がたちどころに汗となり、褐色の肌に無数の粒を浮かべる。その小さな水滴がやがて重力に屈し、盛り上がった筋肉の隆起を辿《たど》り、つーっと筋を描いて落下していく。

湿り気を帯びて光るたくましい肉体を、女性のなめらかな体と同じように美しいと思う自分が、なんだか不思議だった。硬く引きしまったその肉体が放つ熱を、自らの体で感じたいと思っている自分はなおさら不可解だ。

徹夜明けなんかに無性に人肌が恋しくなることがあるが……それなんだろうか。

(男相手に？)

自分にもう一度問いかけ、それでも欲求が揺るがないことを知る。

たとえ身長百八十五センチの大男であろうとも、今この身に滾る興奮の熾火《おきび》を分かち合える相手は、こいつしかいない。共に闘ったこの男しかいないのだ。

「呑まないのか？」

不思議そうな問いかけに、奥村は手許の缶に視線を落とした。ひと仕事終えたあとのビールが至福であることは奥村も知っている。だが敢えて口をつけないまま、アルミの缶をテーブルに置いた。

今日は、先日のように酒の勢いに流されてしまいたくなかった。

結果的に同じように後悔するとしても……今回は自分の意志で悔いたい。

「どうした？　俺のヌードがあんまりセクシーダイナマイツすぎて胸はドキドキ股間はズキズキで、ビールどころじゃねぇのか？」

「…………」

あたらずといえども遠からずの奥村が答えずにいると、入間はにやけ面を一変して眉をしかめた。沈黙を持て余すように、濡れた頭をバリバリ掻いてぼやく。

「なんだよ？　いつもみてーに突っ込めよ。調子狂うじゃねぇか」

「…………」

「つーか、そんな色っぽい格好見せつけられると、タマ位置が定まらねぇんだよ。さっきからあんたの匂いとか濡れ髪に反応して右往左往……」

引き続きだんまりを決め込む奥村をちら見しながら言葉を切った入間が、大きく息を吐いた。ペキペキ音を立てて空缶を潰し、背後へ放り投げる。そうしてから、降参というように両手を上げて、手のひらを見せた。

「……わかった。何か俺に不満があるなら言ってくれ。できる限り改善する。シモネタが嫌ならなるべく慎《つつ》しむ。触るなってぇなら触らない。部屋もなるだけ片づける。だから」

「だから？」

奥村の切り返しに入間はうっと詰まったが、それでも次の瞬間には居住まいを正し、その目に真摯な色を浮かべて懇願した。

「だから、俺のものになってくれ」

口にされるたび、「俺はモノか？」と腹立たしかった言葉。だが今日はなぜか気分がよかった。あの暴君が、自分のために変わろうというのだ。そこまで譲歩されれば誰だって悪い気はしないだろう。

悪くない気分を、けれど素直に顔に出すほどには若くない。

表情を変えない奥村を上目遣《うわめづか》いに窺《うかが》っていた入間は、どうやら一世一代の告白は不発に終わったと思ったらしい。

「いや、だから、とりあえずは仕事で組むところから始めて……プライベートはおいおい頃合を見てだな」

ショックを隠せない声に、奥村は静かに重ねた。

「マネジャーの件は、今すぐには返答はできない。もう少し考えさせて欲しい」

「あ……ああ、そうだな。別に急がないからゆっくり考えてくれ」

まだ完全に目が消えたわけではないと思ったのか、ほっと安堵《あんど》の色を浮かべる目の前の顔を見つめているうちに、自分の中の最後の枷《かせ》が消えるのを感じる。入れ替わるように浮かんだのは、開き直りに似た想い。

(欲しいものを欲しいと言って何が悪い)

そうだ。自分に正直に生きようと決めたはずだ。

自分の欲求に正直に――自由に。

「そっちは保留だが」

すぅっと軽くなった気分に後押しされるように、奥村は口を開いた。

「プライベートは今から始められる」

意味を推し量るようにゆっくりと瞬く榛色の瞳。不精髭の浮く野性的な面《おもて》をまっすぐと見据えて、奥村は言葉を継いだ。

「ただし、今度はちゃんと素面《しらふ》でな」

「……マジかよ？」

入間の半開きの口から、半信半疑のかすれ声がぽそっと落ちる。

「…………」

目を見開き、数秒沈黙したあとでいきなりすっくと立ち上がり、ひと跨《また》ぎでローテーブルを乗り越えた男が、ソファの奥村に覆い被さるようにして一気に捲《まく》し立てた。

「マジであんたをすンげーやらしい格好でひーひー泣かせたりあんあん喘《あえ》がせたりグチョグチョの濡れ濡れにしちまっていいのか!?」

「やれるもんならな」

奥村が受けて立つと、ごくりと喉を鳴らす。それでもまだどこか疑わしげだった浅黒い貌が、やがてじわじわと喜色を浮かべた。

「靫也」

甘い声で名前を呼び、顔を近づけてくる男の意図を寸前で察した奥村は、あわててストップをかける。

「待て」

顔を背けて、必死に拒んだ。

「……それは、いい」

狼狽える奥村に、入間が薄く笑う。

「なんで?」

「なんでもいいから……よせ」

セックスはいい。男の生理で自分を説得できる。けれど唇を合わせるのは、それ以上の言い訳を必要としそうで嫌だった。

「そういうのは嫌なんだ」

嫌がれば嫌がるほど、相手を悦《よろこ》ばせることになるとは気がつかずに、奥村は生真面目に訴えた。だが、入間の口許の笑みは消えない。

「キスは嫌か？　軽いのでも？」

「そういう問題じゃない」

「……俺はしたい」

耳殻《じかく》に直接ふき込まれ、ビクッと震えた頤《おとがい》を、大きな手で掬《すく》い上げられる。抗う間もなく、少しかさついた熱いものが覆い被さってきた。

「……んっ……く」

肩をホールドされたまま、ねっとりと唇で唇を愛撫《あいぶ》される。息が上がったところでいったん離れたが、解放感も束《つか》の間《ま》、今度はびっくりするほど熱い塊《かたまり》が内部《なか》に押し入ってきた。

「う、んっ……」

入間の舌は主の性格そのままに、強引で獰猛《どうもう》だった。肉厚のそれが自分の口腔《こうこう》内を思うさま蹂躙《じゅうりん》するのに、きつく目を瞑《つぶ》って耐え忍ぶ。歯列を一本ずつ嬲《なぶ》られ、喉の奥深くまで攻め入られながらも、奥村は懸命に別のことを考えようと試みた。

認めたくなかった。認められるわけがない。

たかがキスで――しかも男とのキスで感じている自分など……。

しかし入間は、奥村の逃避を許さなかった。今抱き合っているのは自分なのだと知らしめるために、下半身をきつく押しつけてくる。タオル地を隔ててもそこはすでに熱く猛《たけ》っていて、その熱が伝わるにつれ、自らもまた高ぶっていくのを……もはや意志の力では抑えることができない。

いつしか気がつくと、積極的にくちづけに応えている自分がいた。舌を淫《みだ》らに絡ませ、男の唾液を呑み下し――甘ったるい吐息《といき》を漏らす。

「……ふ……」

ようやく入間の唇が離れ、奥村はぐったりとソファの背に凭れた。だがすぐに濡れた髪が首筋に触れ、続いて生あたたかい感触が耳に触れる。チュッ、チュッと短い音が響いた。

「おい」

「ん？」

奥村はかすれた声でたしかめた。

「ここで……するのか？」

唇で耳朶《じだ》を食《は》み、右手でうなじを愛撫しつつ入間が聞き返す。

「嫌か？」

「ここは……駄目だ。だ、め……あっ、よせ」

バスローブの合わせ目から太股の間に忍び込もうとする手をつねると、いてっと大造りの顔をしかめた。眉間《みけん》にしわを寄せてつぶやく。

「またクレームか？　注文が多いな」

なんと詰《なじ》られても、こんな明るい場所でするのは御免だった。ベランダから聞こえてくる子供たちの無邪気な笑い声を耳にすれば、こんな陽の高いうちから（しかも男相手に）サカっている自分への後ろめたさで、どうにかなりそうだ。

「寝室……寝室がいい」

奥村のリクエストに、入間はむずかしい顔をした。

「世間の健全な営みをBGMに、思いっきり背徳的で濃厚なエッチをするってのが俺的には萌えシチュエーションなんだがな」

「おまえの趣味嗜好《しゅみしこう》はどうでもいいからさっさと移動しろ。じゃないともう帰るぞ」

ちっと舌打ちが落ちたかと思うと、腕を摑まれる。ぐいっと強く引かれた次の瞬間、奥村の体はふわりと宙に浮いていた。

「何す……っ」

細身ではあるが筋肉質の奥村を軽がると肩に担《かつ》ぎ上げた入間は、そのまま悠々とリビングを横断した。山と積まれた廊下の衣類を踏み越え、寝室のドアをばんっと蹴り開ける。

ベッドの前で足を止めた入間に、奥村は仰向《あおむ》けに落とされた。シーツの上で軽くバウンドした奥村の両脇に手をつき、入間が覆い被さるようにして囁く。

「これで満足かよ？　女王様」

「誰が女王だっ」

怒りに震える両肩をシーツに押さえつけられた。間近の双眸がふっと細まり、飢えた獣のような眼差しで射貫く。

「あんまり焦《じ》らすなよ」

低く凄みながら降りてきた唇が、奥村の唇を塞いだ。

「んっ、ぅ、んっ」

あやすようなキスで奥村の猛々しい『気』を封じ込め、ローブの胸許を大きく緩める。二の腕の中ほどまでバスローブを引き落とされた奥村は、それによって両腕の自由を奪われてしまった。

両腕を拘束された状態で、あらわになった肩に口づけられる。濡れた舌が鎖骨のくぼみを行き来する。ちくちくと髭が肌を撫でる刺激に、全身がぴくぴくと震える。

親指の腹で胸の突起を執拗《しつよう》に擦《こす》られて、思わず声が出そうになるのを必死に堪えた。

「っ……くっ」

じっくり慎重な愛撫に、眦《まなじり》が熱く潤《うる》み始める。熱を孕《はら》み、疼《うず》く下腹がつらくて、キスの合間に切れ切れに訴えた。

「やさ……しく……するな」

「なんだって？」

「女みたいに……扱うな」

「ほーう、女王様はひどくされるのがお好みか？」

揶揄《やゆ》を含んだ声に、カッと頬が熱くなる。

「ちが……」

頭上の男がうっそりと笑った。

「さすがは高尚でいらっしゃる。俺はやさしく抱きたい気分だが……まぁでもせっかくのリクエストだからな。応えるとするか」

ちろっと舌先で唇を舐めると、入間は下半身に手を伸ばしてきた。すでに形を変えつつある奥村の欲望をローブの上から握る。

「あっ……」

ついに声が漏れてしまった。

「下着……つけてねぇんだろ？　形、わかるぜ。もうかなり硬くなってる」

耳殻に直接低音を吹き込みながら、微妙に手を動かす。布越しのもどかしい愛撫に、奥村の切れ長の眦がどんどん熱くなる。黒目が潤んで、喉がひくひくと震えた。

「……やらしい顔しやがって」

欲情にぎらつく視線で犯され、ひどい言葉で嬲られると、意志に反して腰が揺れてしまう。

「乳首もこっちもビンビンにおっ勃てて……とんでもねぇ淫乱だな」

誰が淫乱だと睨みつけた刹那、今度は布越しではなく直《じか》に欲望を握られた。硬い手のひらで容赦なく扱《しご》き上げられる。

「あっ……あ……っ」

堪えきれない喘ぎに、やがてくちゅ、ぬちゅと濡れた音が混じり始めた。耳許で男がせせら笑う。

「あーあ、もう先っぽびしょびしょじゃねぇか……ん な感じやすい体、今までどうしてたんだよ？　独り身じゃ毎晩火照《ほて》ってしょうがねぇだろ。自分で慰《なぐさ》めてたのか」

濡れそぼった恥ずかしい欲望を男のいいようにされながら、奥村は奥歯を食いしめ、首を左右に振った。

「んじゃ……こっちに男を銜え込んでたのか」

いきなり後ろに回ってきた中指で窄《すぼ》みをつつかれる。

「そんなわけあるかっ」

怒鳴った瞬間、入り口にピリッという痛みと異物感を感じた。

「じゃあバイブか？　イボつきのぶっといの、ここに嵌《は》めてよがってたんじゃねぇのか」

ここ――というくだりで、後孔にぐっと指をめり込ませてくる。潤滑剤も準備もない、いきなりの蹂躙に狭い内壁が軋んで悲鳴を上げた。

「い……痛《いた》っ」

痛がっても男はまるで動じない。太く骨張った指を根元まで突っ込み、なおさら中を乱暴に掻き回した。

「い……入間、痛い……抜けっ」

「ひどいのが好きなんだろ？　こんなふうに乱暴なのが」

「ひっ……」

「やさしくされたくないんだろ？」

「ひどくなくていい！　やさしくしろっ」

叫ぶと同時に、後ろの圧迫がすっと消えた。

はぁはぁと肩で喘ぎ、泣き濡れた目蓋《まぶた》を持ち上げる。すると入間の傲慢な眼差しが見下ろしていた。

「だから、初めっから素直にそう言えよ」

（……この男はっ）

顎を狙った奥村の拳をあっさりと手のひらで受けとめ、そのまま握り込むと、入間は唇を歪めた。

「おっと、あぶねえ。きれいな顔してほんと凶暴だからな」

にやにや笑いながら、抗う奥村をゆっくりと組み敷く。

「仕切り直しだ。今度はお望みどおり、めいっぱい、濡れちゃうくらいやさしくな」

甘く昏い声が耳許で囁いた。


めいっぱいやさしく——と言ったその言葉どおりに、挿入前の入間は実に根気よく、指や舌で奥村の後孔をほぐした。

「いい具合にトロトロになってきたぜ。思い出したか？　あの時……ここに俺のを銜え込んで悦んだろ？」

その浅ましい感覚をリアルに思い出した奥村のそこが、指より太く硬いものを求めてひくつき始めるのを待っていたかのように、背後から怒張しきった自分自身をあてがう。

肉をこじ開け、じりじりとめり込んでくる熱い切っ先を、奥村は歯を食いしばって受け入れた。複雑に隆起したその硬い屹立《きつりつ》のすべてを納めた時、背後の入間が深い息を吐く。

「靫也……」

吐息混じりのかすれ声で名前を呼び、たくましく頑張な肉体がきつく抱きしめてくる。繋がったそこが燃えるように熱く膿《う》んで、ひりひりと疼く。

ゆっくりと、入間が動き始めた。

奥村の腰を両手で支えるようにして、小刻みに揺すり上げる。浅く深く——時には回すように強弱をつけて。

「んっ……ん」

何かを探るような動きに翻弄《ほんろう》されているうちに、痺れるような感覚が走った。

一番太い部分でそこを擦られると、どうしようもなく全身が震える。入間に抱きかかえられていないと自分を支えていられないほどに膝がガクガクした。

「あっ……あっ、あぁっ」

背後から突き上げられ、仰向いた白い喉から絶え間ない嬌声《きょうせい》が漏れる。短い髭が素肌をこする感触に、背筋をゾクゾクとした快感が這い上がる。

ベッドに膝立ちした体勢で壁に手をつき、後ろから男を受け入れて、圧倒的な力で揺さぶられるたび、奥村は背中を弓のようにしならせた。

「んっ……く、ぅっ」

もはやプライド云々《うんぬん》に拘る余裕もなく、唇からすすり泣きのような喘ぎが漏れる。

「……いいか？」

耳許のしゃがれた低音に、奥村はかくかくと首を縦に振った。無意識に濡れた声が零れ落ちる。

「い……い……。あ、い……い」

「ここが、あんたのイイとこなんだよ。ここを俺ので擦ると……ほらな」

「あぁ……っ」

「いい声だ」

満足そうな声音のあと、伸びてきた入間の手が奥村の手を後ろへ誘《いざな》った。導かれるままに自分たちの結合部分に触れて、その炉のような熱に驚き、びくっと手を引こうとしたが、果たせなかった。入間の手がしっかりと手首を捕えて離さない。

「熱いだろ？　トロトロに熟《う》れて蕩《とろ》けてて……あんたの中、最高に気持ちいいぜ」

耳を甘噛みした入間が、腰を淫猥《いんわい》に蠢かした。

指先の熱く濡れた脈動。

手許で捉える抽挿《ちゅうそう》が、自分の中の強烈な刺激に直結する。その猥《みだ》りがわしさに、体の奥底の官能の琴線をなおさら掻き立てられ、奥村はきつく唇を噛みしめた。

こんなふうに、男の太いものを銜え込んで悦ぶなんてどうかしている。

嵌められてケツで感じるなんて俺は頭がおかしいんだ。

戒《いまし》めの言葉は、けれど入間が与える快楽に、あっけなく尻尾を巻く。白濁する意識の中、男が自分の中を出入りするぬちゅぬちゅという湿った音と、灼けつくような局部の熱だけが妙にリアルだ。

（畜生……どうにでもなれ）

胸の中で吐き捨て、最後の理性をかなぐり捨てた――直後だった。

出し抜けに、背後の入間がずるっと抜けた。支えを失って頽れる奥村の体を裏返し、もう一度、今度は正常位でグッと突き入れてくる。

「あぅっ」

角度が変わり、奥村は滑《なめ》らかな喉を反らせて喘いだ。

濡れた目を薄く開くと、うっすら汗ばんだ浅黒い貌が間近にある。太い眉をひそめ、厚めの唇を引き結んで、快感を堪える表情が艶《つや》っぽい。

こんな顔で、自分を抱いていたのか。

「靫也……」

力強いストロークで奥村を翻弄しつつ、入間は身を屈《かが》めて口づけてきた。奥村も舌を激しく絡ませ合い、入間の厚い肩に腕を回す。その身をしっかりと抱き返して、男がさらに荒々しく腰を打ちつけてくる。

下腹にズンッと響くような突き上げで背中が浮いた。切っ先が当たった最奥から、未知の快感がじわじわと染み出してくる。

「あっ……あ、あっ……ん、あぁ」

嬌声をあげて乱れる奥村に、入間が激しく眉根を寄せた。

「……ンな締めつけ…んな」

「も、う……い、くっ……入間……いる、ま……っ」

「くそ……んなエロい声……反則だぞ」

苦しそうに呻《うめ》いた入間が、奥村の体を深く折り曲げる。

「靫…也……」

突き入れるみたいに、ひときわ深く抉《えぐ》られた刹那、今までで一番大きな官能の波に呑み込まれた。

「――っ」

声にならない声を発し、奥村が達するのとほぼ同時、体内で入間の放埒《ほうらつ》を感じる。

「……うっ……」

最奥に熱い残滓《ざんし》を叩きつける男にきつく抱き込まれながら――奥村もまた余韻《よいん》に身をぶるっと震わせた。

「俺にも一本くれ」

一糸まとわぬ全裸でベッドに自堕落《じだらく》に横たわり、気怠《けだる》くつぶやく。すると銜え煙草にライターで火を点けていた――やはり全裸の男が、意外そうに片眉を持ち上げた。

「あんた、吸ったっけか？」

「いや、十年ぶりだ」

火の点いたマルボロを入間から譲り受け、十年ぶりの煙を吸い込む。やはりブランクのせいか、胸に深く入れることはできなかった。

「美味いか？」

問いかけに、奥村はゆっくりと首を横に振った。

「……不味《まず》い」

「じゃあ、よしとけ。せっかくやめたんだろ？」

奥村の指から吸い差しを取り上げると、入間は実に美味そうに半分ほどを灰にした。

「ま、セックスあとの一服は格別だけどな」

灰皿にねじ込むついでのように顔を寄せて、奥村の唇にキスをしようとする。だが奥村はふいっと顔を背けてそれを拒んだ。

「……やっぱな」

耳許で大きな嘆息が落ちる。

「そうくるんじゃねぇかと思ってたぜ」

横目でちらっと男を見た。入間は不機嫌な顔つきで髪を掻き上げている。

「俺とあんたが親密になるのはベッドの中だけ。コトが終わったら即他人。事後の甘いラブラブいちゃいちゃなんざ以《もっ》ての外、キスひとつするなってことだろ」

「わかっているなら話が早い」

予想外の察しの良さに肩すかしな気分も若干抱きつつ、奥村は鷹揚にうなずいた。

「……今に見てろよ」

ドスのきいた低音に、ふたたび視線を向ける。

「いつか必ず俺の虜《とりこ》にして、あんたのほうからキスをねだるようにしてやるからな」

挑《いど》むような入間の眼差しを受け留めて、奥村はわずかに唇を歪めた。

「せいぜいがんばれ」

余裕の笑みでいなしたあと、ふっと視線を宙に浮かせる。

(けどなぁ……先のことはわからんからな)

二ヶ月前の自分が——こうして男と寝て、後悔するどころかちょっとばかり満ち足りた気分にさえなっている——現在《いま》の自分をまるで予想もできなかったように。

わずかふた月前の自分をはるか遠く感じた直後、甘い声で「なぁ靫也」と呼ばれ、ついと眉根を寄せる。

「何度も言うが俺はおまえより年上だ。呼び捨てはないだろう」

「エッチの最中はいいのか」

「よくない。だからせめて『さん』をだな」

「靫也」

「……ちゃんと話、聞いてんのか？」

「聞いてるって。――なぁ靫也」

「だからっ！　そういうところがおまえは嫌わ…」

「愛してるぜ」

虚を衝かれ、固まる奥村に、入間が榛色の双眸を細めて、にっと笑った。

素直じゃない男

1

「モデルさん、到着しましたー」

「時間押してるから、早速メイクに入ってもらってください」

「その前に衣装合わせ！　パンツ二本丈詰《たけつめ》するから」

「すみません、アイロンってどこにありますか？」

広いスタジオ内に飛びかう声。パシッ、パシッとストロボが光り、機械の可動音が四角い箱に共鳴する。

撮影用の機材や衣装のかかったラックなどの間を縫うように、アートディレクター、デザイナー、スタイリスト、ヘアメイク、フィッターなど専門職の人間がせわしく動き回る様は、まさに小さな戦場だ。

本番前の、活気がありながらもどこかピンと張りつめた独特な空気感は、宮仕えのサラリーマンであった半年前までの奥村《おくむら》には馴染《なじ》みのないものだった。——この三ヶ月で否応《いやおう》なく場数を踏み、いわゆる『現場』の雰囲気にもかなり慣れつつはあるが。

彼らの妨《さまた》げにならないよう、スーツの長身をスタジオの片隅に置きながら、奥村靫也《ゆきや》は頭の中のスケジュール一覧を開く。手帳や携帯のメモ機能などに頼らず、必ず自分の記憶に刻み込むのは、ユニフォーム会社で社長秘書をしていた頃からの習性だ。

三月十八日（水）。今現在の時刻は午前八時十五分。とりあえずモデルの入りが十五分ほど押したことを除けば、ここまでは順調な進捗《しんちょく》だ。予定どおり九時からシューティングを開始できれば、よほどのアクシデントがない限り、午後三時には撤収できるだろう。

今日はこのあと、個展の打ち合わせが午後四時から事務所にて。七時には青山《あおやま》で個展のスポンサーである出版社のお偉《えら》いさんと顔合せを兼ねた会食。夜は明日からのバリ島ロケに備えて荷造りをしなければならない。

「パティフ下げてくれ！」

現場を統括《とうかつ》する『ボス』のよく通る低音が響くと、それに応えるようにウィーンと可動音が聞こえ始める。天井に接していた巨大なライトが、細かい振動を伴ってゆっくりと降りてきた。

降下するそれを睨《にら》みつけるひとりの男。

百八十五センチの長身にがっしりと広い肩幅。Tシャツの上からもはっきりとわかる筋肉質の体。不精髭《ぶしょうひげ》がまばらに浮く、野性味溢《あふ》れる風貌《ふうぼう》。トレードマークのサングラスは、額《ひたい》の上に押し上げられている。

褐色に灼《や》けた腕を組み、長い脚を肩幅に広げて仁王立《におうだ》つ――スタジオの喧噪《けんそう》もどこ吹く風と微動だにしないその姿は、まさに『暴君』の冠《かんむり》に相応《ふさわ》しい貫禄《かんろく》があった。

「ストップ」

どこに基準があるのか、彼にしかわからない微妙な位置での制止命令に、スタジオマンが壁ぎわのスイッチからあわてて手を離した。降下していたパティフがぴたりと止まる。

「おっし」

大型ポラロイドカメラを設置した三脚の前で、男は満足げにうなずいた。

「誰か手が空《あ》いてるやついるか」

ぐるりとスタジオを一周した鋭い双眸《そうぼう》が、壁際で静かに佇《たたず》む奥村を捉《とら》える。

「靫也」

男の太い声が自分の名前を呼んだ刹那《せつな》、奥村の端正《たんせい》な唇からは、ちっと舌打ちが漏《も》れた。仕事場では名前で呼ぶなと口を酸っぱくして言ってあるのに。そもそも年上を呼び捨てするなとあれほど……。

心の中で罵倒《ばとう》しながらも「なんだ?」と低く聞き返した。

「こっちに来て、ホリゾントのセンターに立ってくれ。ポラでライティングの確認をする」

「俺がか?」

奥村が嫌そうな声を出すと、気鋭の写真家入間亘《いるまわたる》は、肉感的な唇を横に引き、にっと笑った。

「とりあえず今、この時点で暇そうなのはあんたしかいないだろ？　奥村マネジャー」

とってつけたような呼びかけにぴくっと頬《ほお》が引きつる。そう呼ばれるのを奥村がどんなに嫌っているか、百も承知でわざと言っているのだ。

――俺のマネジャーになれよ。別に写真なんか知らなくていい。俺のことさえよーく、体の隅々まで知ってりゃな。

会社を辞めてからの一ヶ月間は、顔を合わせるたびに同じセリフを繰り返された。気が短いはずの男が、この件に関してだけは、うんざりするほど根気強く……。

あまりのしつこさに根負けし、四月頭に開催される入間の個展までと期限を切ってマネジャー業務を引き受けたのが昨年の十月。約半年が過ぎた今、仕事内容にはぼちぼち慣れたが、いまだにその肩書きには抵抗がある。

期間限定とはいえ名刺の肩書きにはしっかり『MANAGER』と刷られているし、他に呼びようがないこともわかっているのだが――受け入れたが最後、このままずるずる入間のペースに取り込まれそうで、それが嫌なのかもしれなかった。

「人聞きの悪いことを言うな。暇じゃないぞ。これから打ち合わせが……」

「クライアントはどーせ時間ギリギリにしか来ねぇよ」

本日のクライアントである、化粧品メーカー御一行が到着しない限り、奥村の仕事がないのは本当だった。仕方なく、白塗りのホリゾントに足を向けた奥村に、入間が指示を出す。

「そうだ。そのあたりに立ってくれ」

塵《ちり》ひとつ落ちていない真っ白な空間にぽつねんと立たされ、奥村はひどく落ち着かない気分を味わった。居心地《いごこち》の悪さに眉《まゆ》をひそめ、ネクタイの結び目に手をやる。妙に息苦しいのはライトのせいか、傍若無人《ぼうじゃくぶじん》な男の射《い》るような目線に晒《さら》されているせいか。

「悦《えつ》、露出」

アシスタントの及川悦郎《おいかわえつろう》が駆け寄ってきて、白ホリに膝《ひざ》をついた。長身の青年が、奥村の顔の横、スーツの胸許《むなもと》、奥、手前と、露出計を翳《かざ》してボタンを押すたび、パシッ、パシッとストロボが光る。

ほぼ九割のカメラマンがデジタルに移行している中、入間は頑《かたく》なにアナログでの撮影に拘《こだわ》り続けている。やり直しがきくデジタルでは一発勝負の緊張感が損なわれるというのが、その理由らしい。

「おっしゃ、ポラ切るぞ」

肩をコキコキ鳴らしながらファインダーを覗《のぞ》いた入間が、すぐに不満そうな声を出した。

「愛想《あいそ》ねぇなー。もちっといい顔しろよ」

「俺はモデルじゃない」

背中のむずむずを堪《こら》えて低く唸《うな》る。

「たしかにモデルよか美人だよなぁ」

「…………」

いつもの戯言《ざれごと》はさくっと無視する奥村に、さらなる注文がついた。

「笑えよ。にっこり」

「笑えだと？」

「とっておきの笑顔をくれ。ベイビー」

奥村の白皙《はくせき》にくっと皺《しわ》が寄る。歩くセクハラとはまさにこの男のためにある言葉だが、これもまた新手のセクシャルハラスメントではないだろうか。

この俺に歯を剝《む》き出して笑えってのか？　アホ面《づら》でにかっと？

……ふざけるな！

ファインダー越しに入間をきっと睨みつけた瞬間、パシャッとシャッターを切られた。

「サンキュー。いい顔をもらった」

満足げにつぶやいた男が、カメラの脇《わき》から引き抜いたポラロイド感熱紙をアシスタントに手渡す。

「時間、ちょい長めな」

受け取ったポラを大事そうに両の手のひらで挟む青年の横を擦《す》り抜け、さっさとホリゾントから引き上げる奥村に、入間が囁《ささや》いてきた。

「なぁ……今度ヌード撮らせろよ。絶対きれいに撮るからさ」

すけべったらしいにやけ面を冷ややかに一瞥《いちべつ》し、返答の代わりに男の脇腹に肘鉄《ひじてつ》を食らわす。

「うぉっ……」

うずくまる男を捨て置き、先程の定位置へ戻りかけた奥村は、入り口に到着したばかりのクライアント一行の姿を認め、足を止めた。

「奥村さん！」

広告代理店の営業担当が、奥村に向かって手を挙げる。背後には化粧品メーカーの販促部長と女性社員がふたり立っていた。すでに何度か打ち合わせで顔を合わせているメンバーだ。

「おはようございます。道は混《こ》みませんでしたか？　ちょっと今準備でごちゃごちゃしていますけど、こちらへどうぞ」

仏頂面《ぶっちょうづら》から一転、そつのない営業スマイルを浮かべ、奥村は一行を接客スペースへと誘った。自分は腰を下ろさずにアートディレクターを呼びに行く。

「本日の撮影は、夏の新商品であるウォータープルーフ・ファンデーションのスチールですが、スタジオではライティングを活《い》かし、モデルの表情のバリエーションを撮ります」

一同が揃《そろ》うと、口髭《くちひげ》のアートディレクターがテーブルに手描きのラフを広げ、クライアントに説明し始めた。

「なお、明日からバリで撮るイメージカットのほうは、自然のロケーションを活かした躍動感溢れるビジュアルになる予定です」

男の言葉を奥村が引き継ぐ。

「スケジュールの最終確認ですが、明朝九時の便で成田を発《た》ち、現地滞在は三日間。帰国後、中二日のお時間をいただいて、適正チェック済みのデータをお渡しする——これで問題ございませんか？」

クライアントがうなずいた。

「では、こちらのスケジュールで進行致します」

「いやぁ、それにしても入間さんにお願いできるなんて本当にラッキーですよ。若手では今一番脂《あぶら》が乗っているフォトグラファーですから。海外でもかなり評価が高いですしね」

代理店の営業が持ち上げるそばから、女性社員のひとりが、興味津々といった顔つきで身を乗り出してきた。

「入間さんってなんとなく顔とか雰囲気がイタリア人みたい。……ワイルド系でかっこいいですね」

「気をつけたほうがいいですよ。女の人に手が早いって噂《うわさ》だから。——ね、奥村さん」

営業担当に冗談っぽく同意を求められた奥村は、真顔でうなずいた。

「日本中……いや世界中の女性は自分に気があると思い込んでいる節がありますので、基本的にロケ先では半径一メートル以内には近寄らないことをお勧めします。昼間だから大丈夫だなどと油断なさらぬよう。時間帯をわきまえるような、そんな分別はありませんから」

本当は女だけでなく男にも手が早いのだとつけ加えてやりたかったが、そこはマネジャーとしての立場上、さりげなく注意を促《うなが》すだけにとどめると、どっと笑いが起こる。

「いやいや、奥村さんもおもしろい人だ。そんな二枚目顔で淡々とジョークを」

人一倍受けまくった営業担当が、不意に腰を浮かせた。

「どうやらメイクが終わったようです」

ヘアメイクを終えたモデルが現れたとたん、現場がぱっと華やかになる。

「わぁ……きれい！」

「おー！　いいねぇ」

賛美を口々に立ち上がる一同に付き随《したが》おうとして、背後から「奥村さん」と呼び止められた。振り向くと、ついさっきまで笑っていた営業担当が真顔で立っている。

「実は今回の撮影、クライアントのたっての希望で入間さんにお願いしましたが、内心では戦々恐々としていたのです。何せ、代理店泣かせのエピソードには事欠かない方ですから。でも奥村さんが入間さんをコントロールしてくださったおかげで、ここまではアクシデントもなく非常にスムーズな進行でした。本当に助かりました」

奥村は困惑の面持《おもも》ちで首を横に振った。

「私はとりたてて特別なことはしていません」

「謙虚なところがまた素晴らしい。しかしここだけの話ですが、奥村さんと組むようになってから、あの『暴君入間亘』が変わったと業界でも評判ですよ。たった半年で暴れ馬を飼い慣らすなんて、あの男前の新しいマネジャーはものすごい『やり手』だってね」

「………………」

何事もやると決めたからには全力で立ち向かうのが奥村の信条だ。だからマネジャー業を引き受けた時から、できる限り『写真』に触れ、向き合うように心がけてきた。

アシスタントの及川の懇切《こんせつ》丁寧な指導もあり、ほどなく基礎的な用語はわかるようになった。現場に身を置くうちに、自然と撮影の流れも摑《つか》んだ。

けれど……仕事に慣れて対外的な評価が高まるほどに、入間の仕掛けた罠《わな》にじわじわはまっていくような気がして――。

複雑な嘆息《たんそく》を吐《は》いた時、隣りの営業担当が言った。

「どうやら始まるようです」

彼の視線の先で、仁王立ちの入間が片手を上げている。セッティングはすでに完了して、白ホリの前にブルーの衣装を纏《まと》ったモデルが立っていた。

「始めるぞ！」

よく通る声が告げた瞬間、現場の空気が変わる。ピンと張りつめた静寂の中、入間は現在国内でトップと評されるモデルに向かってドスのきいた声で命じた。

「いいか？　今までで一番の表情を俺に見せろ。出し惜しみするんじゃねぇぞ」

少し強《こわ》ばった顔で彼女がうなずき、撮影が始まる。立て続けのリズミカルなシャッター音。明かりを落としたスタジオにパシッ、パシッと閃光《せんこう》が走る。

「やめ！」

突然大声を出した入間が、足許の台座を蹴《け》り倒した。カメラを手持ちに変え、モデルの側《そば》までつかつかと大股《おおまた》で歩み寄る。

「舐《な》めてんのか、てめえ」

かすれた低音で凄《すご》む——その巨軀《きょく》からは、怒りのオーラが立ち上《のぼ》っていた。

「何様のつもりだ？　俺はな、何が腹立つって小器用に流されんのが一番ムカツクんだよ。たいしたタマでもねぇくせに気取ってんじゃねえ！」

完璧《かんぺき》なメイクを施された顔が、みるみる上気する。

「おまえもプロなら俺が思わずシャッターを切りたくなるような表情《かお》で誘ってみろ」

挑発されたモデルが動き出すと、入間もまたそれを追うように激しく動いた。モデルに触れるほど接近したかと思うと、次の瞬間には床に這《は》って下から煽《あお》る。

「そうだ……いいぞ。その目つき。悪くない。——やればできるじゃねぇか」

緊張と緩和を巧みに言葉で操りながらモデルのテンションを上げ、ベストな表情を引き出していく。いつもの入間のやり口だ。相手が人気モデルだろうが大女優であろうが変わらない。

「さすがの迫力ですね」

傍《かたわ》らの営業担当が感嘆めいた声を落とした。この『天然の暴君』がただ横暴なだけでなく、『仕事』に対して常に真剣でピュアであることを、この場の全員が感じ取っている。

「………………」

普段の入間がどれほどだらしなく、人間的に最低であろうとも、こと写真に関してだけは最高級の腕の持ち主であるのは間違いない。

それは——この半年間仕事を共にした奥村が、日を追って確信を深める事実だった。

2

「で？　マネジャー、次はどこに行けばいいんですかね」

モスグリーンの愛車、少しレトロな丸目ライトのレンジローバーを運転しながら、銜《くわ》え煙草《たばこ》の入間が尋ねてくる。

「おまえ……最近まったくスケジュールを把握してないだろう。覚える気がないな？」

「だって覚える必要ねぇだろ？　あんたがいるんだから」

しれっと返され、助手席の奥村は渋面《じゅうめん》を作った。

「契約はあと二週間で終了だぞ。俺がいなくなったあとのことも考えろ」

「考えない。絶対、契約更新させるからな」

何が絶対だ、どこにそんな根拠があるんだと苛《いら》つきつつも、奥村は低く告げた。

「四時に事務所で個展の打ち合わせだ」

ほぼ時間どおりにスタジオ撮りは終わり、三時には現場を撤収することができた。今日の上《あ》がりはラボに入れたし、このぶんなら次の打ち合わせには余裕で間に合うだろう。

「その後、七時に青山でリブロ書房のお偉いさんとの会食」

「げー……」

入間が大仰に顔をしかめる。

「そう嫌な顔をするな。個展の大事なスポンサーだぞ」

「別にスポンサーなんざ欲しくねぇのによ」

ぼやく男を奥村は淡々と諫《いさ》めた。

「前回の個展は会場のキャパの都合で充分な数の展示ができなかった。今回、より多くの人によりたくさんの作品を見てもらうためには、少なくとも前の倍以上のスペースが必要になる。――となればもはや一個人で賄《まかな》える規模じゃない。スポンサーの協力を仰《あお》ぐのは致し方ないだろう」

出版不況の折、入間の写真集は順調な売れ行きを示しているらしく、リブロ書房は個展の作品をまとめる権利を条件にスポンサーを名乗り出ていた。すでに契約も取り交わし、順調に準備が進む中、今日は二週間後の開催を控え、社長以下重役数名との顔合せがあるのだ。

「リブロとは古いつきあいだし、担当も気心が知れてるんだが……上層部がな。トークセッションだのDVD収録だの、妙に大がかりにしたがるのがうぜぇんだよ」

「一枚噛《か》むからにはできるだけ派手に花火をぶち上げて、写真集をアピールしたいだろうからな。そのあたりのコントロールはプロデューサーに任せるしかないだろう」

「くそ。しゃーねー、オヤジたちとのデートのあと、口直しに呑《の》みにでも行くか。――悦、この前『RADIO』に入れたボトル、まだ残ってたよな？」

「夜遊びしてる時間があったら荷造りしろ」

奥村はすかさず釘を刺した。

「明日は朝七時に成田入りだぞ」

「そうですよ。オレも今日は早寝したいです」

「なんだよ早寝って。ジジくせぇな」

後部座席のアシスタントに舌を打ち、三十男が子供じみた不満を漏らす。

「あーあ。なんかたりぃな、バリ」

「何がたるいだ。仕事だぞ」

「あんたもいないし」

またそれか……と、うんざりした。

前々から入間は、奥村が海外ロケに同行しないことが不満なのだ。

「俺がバリに行ったところでロケの現場では何もできない。だったら東京に残って個展の準備を進めたほうが効率がいい。違うか？　違わないだろう」

すでにもう何度もした説明を根気強く繰り返す。だが敵は幼稚園児より聞き分けがなかった。

「理屈じゃねぇのよ。俺のモチベーションの問題。ぶっちゃけあんたと三日も離れるなんて耐えらんねー」

背後の及川が必死に笑いを噛み殺す気配が伝わってきて、奥村はこめかみがじわっと熱くなった。

この調子でところかまわず一方的なのろけトークを垂れ流すので、奥村が入間の『お気に入り』であることはすっかり周知の事実になってしまっている。

アシスタントの及川も心得たもので、最近は入間に直接言いづらいことはいったん奥村を経由するようになった。今時めずらしくまっすぐな気性の及川を気に入っているし、彼にはいろいろと世話になっているので防波堤になることはやぶさかでないが、そのたび入間からセクハラの返り討ちを受けるのが腹立たしい。

(……さすがに肉体関係があることまでは、ばれていないはずだが)

自分に言い聞かせながらも少し落ち着かない気分で、額にかかる髪を搔《か》き上げる。車はいつしか赤坂《あかさか》に差しかかっていた。

「おい、俺の切ない胸のうちをちゃんと聞いてるか?」

自分が投げた会話のボールを誰もキャッチしないことに不満を抱いたらしい男が、苛立たしげにハンドルを手のひらで叩《たた》く。

「あとで聞いてやるから今は黙って運転しろ。約束の十分前には着きたい」

「本当だな？」

疑わしそうに念を押して、それでも入間はハンドルを握り直した。

青山通りから骨董《こっとう》通りへ左折してしばらく行くと、年季の入った雑居ビルが現れる。地下駐車場に止めたローバーから三人で機材を運び出し、エレベーターで二階へ上がった。廊下の一番奥の突き当たりが【入間亘写真事務所】だ。

去年の七月に初めて扉の前に立った時には、数ヶ月後、まさか自分がこの部屋に日参するはめになるとはゆめゆめ思わなかった。

（人生ってのは油断ならないものだな）

いまさらの感慨を道連れにドアを開ける。天井の高い簡易スタジオを抜け、それぞれのデスクや接客テーブルなどがある十畳ほどの事務所スペースへと辿《たど》り着いた。

自分のデスクに戻ると、奥村はまずノートパソコンを立ち上げ、メールをチェックする。緊急を要する用件にレスポンスを返し終えた頃、来客を告げるブザーが鳴った。

「あ、出ます！」

機材の整理をしていた及川が、心なしか弾《はず》んだ声で立ち上がる。彼が迎えに出てほどなくして、廊下から話し声が聞こえてきた。

「こんにちは。お邪魔します」

及川に導かれて事務所に入ってきたのは、濃紺のシングルブレステッドスーツに身を包んだ瘦身《そうしん》の男だった。

「鳴沢《なるさわ》さん、お待ちしておりました」

席を立って歩み寄る奥村に、軽く会釈する。身長は奥村と同じくらいだが、色が抜けるように白く、髪も明るい栗色で、はっとするような整った貌《かお》をしている。

『日本芸術協会』という財団法人に所属し、プロデューサーの肩書きを持つ鳴沢水城《みずき》は、入間とは高校時代の同級生で、なおかつ及川の幼なじみという繫《つな》がりを持つ。入間と同級となると三十を過ぎていることになるが、とてもそうは見えなかった。二十代なかばで充分に通用するだろう。

今回彼には、個展会場のディスプレイやパンフレットの制作も含めた総合プロデュースを頼んでいた。仕事柄、美術展の立ち上げの経験の多い彼に任せたいと希望したのは入間だ。もちろん奥村にも異存はなかった。事務的な采配《さいはい》ならいざ知らず、会場のセッティングなどは門外漢《もんがいかん》の自分の手に余る。できればその道のプロに陣頭指揮を任せたかった。

「あちらで打ち合わせをしましょうか」

接客スペースへと促し、お互いに向き合うように腰を下ろす。雑談をしている間にキッチンへ消えた及川が戻ってきて、湯気の立った湯吞みをふたつ、打ち合わせテーブルに置いた。

「いただきます」と湯吞みを持ち上げ、ひと口お茶をすすった鳴沢が、トレイを抱えて反応を待つ及川を見上げる。

「ずいぶんと美味《うま》く淹《い》れられるようになったじゃないか」

「だろ？　日々精進してるからさ」

「写真のほうもこの調子で成果が出るといいけどな」

　年の離れた兄弟のようなやりとりを、奥村は微笑《ほほえ》ましい気分で眺めた。その視線に気がついたらしい鳴沢が、軽く咳《せき》払いをして、ブリーフケースからA4サイズの封筒を取り出す。

「早速ですが、リブロが出してきたプログラムの最終案を整理したものです。これで問題がないようでしたら配布用チラシに刷り込み、サイトにも情報をアップします」

　手渡された書類にざっと目を通した。相変わらず要領よく簡潔にまとめられている。

　実際に組んでみると、鳴沢はかなり仕事ができた。制作関係の仕切りにとどまらず、スポンサー側との調整なども、間に入って実に上手《うま》くやってくれている。

「拝見したところ、これで問題ないと思いますが、今、入間の確認を取ります」

　個展の主役を呼ぼうと腰を上げた時、ちょうど奥の書庫から当人が出てきた。鋭い眼光が、鳴沢の姿を認めた瞬間にふっと和《やわ》らぐ。

「よー、ひさしぶりだな」

　乱暴に椅子《いす》を引き、長い脚を組む男に、鳴沢がクールに返した。

「一週間前にも会場の下見《したみ》で会っただろ？」

「そうだったか」

マルボロをはさんだ指で頭を掻きながらも、どことなく嬉《うれ》しそうな入間の横顔を、奥村はちらっと目の端で見やる。

ある意味万人に平等に、相手がどんな有名人であろうが絶世の美女であろうが分け隔《へだ》てなく傍若無人《ぼうじゃくぶじん》な入間が、こと鳴沢に対してだけは驚くほどやさしい……気がする。

「ああ、そういやおまえ、煙草《たばこ》やめたんだっけな」

およそらしくもない気遣《きづか》いをみせ、点火前のマルボロを唇から引き抜く入間に、奥村は小さな苛立ちを覚えた。

俺の前じゃ平気で吸うくせに——。

こうしたあからさまな特別扱いを目にするたび、胸の奥がざわざわと不穏にざわめく。それは、個展の準備で鳴沢と組むようになってから、奥村が新たに抱え込んだストレスだった。

原因がわからない分、持病の偏頭痛《へんずつう》よりもタチが悪い。

持て余し気味の苛立ちを無表情の仮面で覆《おお》い隠した奥村は、やや邪険《じゃけん》な手つきで入間に向かって書類を押し出した。

「初日のプログラムだ。確認しろ」

個展の開催期間は四月の頭から十日までだが、初日にはゲストを招いてのトークセッションが行われる予定になっていた。

「お相手はハーヴェイのジジイか。別にやつの写真を好きでもなんでもねーし、一時間も話が保《も》たねぇよ」

書類を捲《めく》りながら入間が浮かない声を出す。ハーヴェイ・ウォーカーは御年《おんとし》七十歳になるアメリカ写真界の重鎮《じゅうちん》だ。

「天下の大御所《おおごしょ》をジジイ呼ばわりするな」

鳴沢が暴言を窘《たしな》めたが、入間は鼻でせせら笑った。

「大御所たって、もう何年もまともに写真を撮ってないような過去の遺物だぜ？」

「過去の遺物でもビッグネームであることには違いない。おかげかどうかはわからないが、テレビ取材も決まったしな」

「テレビだぁ？」

鳴沢の台詞《せりふ》を聞きとがめ、入間が眉根を寄せる。

「リブロを通して、MNT《ミッドナイト》Vからトークセッションの模様を取材したいという申し入れがあったそうだ」

奥村の説明にも「ふん」と不機嫌そうに鼻を鳴らした。写真展の本来の趣旨《しゅし》を外れ、イベント色が強まるのが気に入らないのだ。

「どーせグルメ情報だのオススメデートスポットだのと一緒くたにされるんだろ？」

「おまえの気持ちはわかるが、情報番組で特集されれば動員数が変わってくる」

「より多くの人たちに、おまえの写真を見てもらうことがプライオリティの一番だ」

鳴沢の説得を奥村も後押しした。

「撮るのは専門だが、撮られるのは嫌いなんだよ、俺は」

「メディアを上手く利用すれば、不特定多数の人々にアピールできる」

「子供じゃないんだからテレビカメラに向かって笑いかけるくらいの芸当はしろ」

畳みかけるような波状攻撃にやり込められた入間が、ぷいっと横を向く。ぶすくれた顔で、ものすごーく嫌そうに「くそっ」と吐き捨てた。

「わかったよ……やりゃあいいんだろ。カメラに向かってにっこり『お孫さんは元気ですか』ってな」

「わかってくれればいい」

「初めから素直にそう言え」

奥村と鳴沢がほぼ同時にうなずくと、ぼそっとつぶやく。

「畜生……似た者同士でタッグ組みやがって」

「なんだ？」

「いーや、なんでもない」

入間が大きな肩を竦《すく》めた。

その後も、会場の立て込みの図面やパンフレットの最終校正を前に、三人で細かい部分を詰める。約二時間後、鳴沢が腰を上げた。

「じゃあ、次の打ち合わせは入間がロケから帰ってきてからだから……週明けかな？」

奥村も書類を手に立ち上がる。

「それまでに私もトークのレジュメをまとめておきます。今日はお疲れ様でした」

「悦、おまえももう今日はいいから。鳴沢と一緒に帰れよ」

「あ、はい！」

入間に声をかけられた及川が、あわてて荷物をまとめ始める。

「お疲れ様でした。お先に失礼します」

「お疲れ」

幼なじみのふたりは仲良く連れ立って帰っていった。

「本当に仲がいいな」

肩を並べたふたりの背中を玄関口で見送りながら奥村がつぶやくと、隣りの入間から妙に実感の籠《こ》もった同意が返る。

「なぁ？　羨《うらや》ましいぜ、ったく」

――羨ましい？

奥村は覚えず柳眉《りゅうび》をひそめた。

……どういう意味だ？

単に仲良しなふたりが微笑ましいのか。

それとも鳴沢と仲がいい及川が羨ましいのか。

はたまた、あんなふうに自分もなりたいという願望？

「靫也？」

怪訝《けげん》そうな声で思考を破られる。はっと顔を振り上げた瞬間、入間と目が合った。銜え煙草の男は、いつからか自分を見ていたらしい。

「………」

無言で顔を見合わせるうちに、じわじわと気まずさが込み上げてきた。

事務所にふたりきり……という状況を意識すると同時に、息苦しさを覚える。

熱っぽい視線を断ち切るように身を翻《ひるがえ》すと、入間が声をかけてきた。

「どこへ行くんだ？」

「トイレだ」

大股で廊下を戻り、洗面所のドアを開ける。バタン。ひんやりと静かな室内でひとりになった奥村は、ふぅと体の力を抜いた。

特に事務所が狭いわけではないし、入間の部屋でふたりでいるのは平気なのだが、仕事場でふたりきりという状況には、なぜか背徳心を覚えてしまう。

洗面台に手をつき、カランを捻《ひね》った。蛇口から流れ出た水流に両手をさらす。その冷たさにほっと息を吐き、顔を上げた。鏡の中の自分と目が合う。

瓜実型《うりざね》の細面《ほそおもて》に、眦《まなじり》が切れ上がった双眸。男にしては細い鼻梁《びりょう》。入間とは対照的な、薄い唇。男性的な造りではないと思う。が、とりたてて女性的でもない。そもそも『女顔』というのは鳴沢みたいな顔立ちを言うのだと、彼に会って認識が改まった。

たくましいと言うには語弊《ごへい》があるが、体もそこそこ筋肉質で引き締まっていると思うし、身体機能的にも立派な男だ。

(なのに……)

入間との肉体関係は、同じ職場で働くようになったあとも、なし崩しに続いていた。とはいえ入間がロケでほとんど日本にいないのと、奥村がなかなか承諾しないので、トータルでの回数は片手で足りるほどだが。

すれば正直、最中は自分を見失うほどに『悦《い》い』のだが、やはり奥村としては、ノーマルな性癖の男ふたりで致《いた》すセックスについて、いまだ心情的に整理がつかないところがある。

特に、この自分が女のように抱かれる立場というのが……解《げ》せない。

なんでこの俺が組み敷かれなきゃならんのだ。犬みたいに四つん這いになったり、蛙《かえる》みたいに大股広げたりせにゃならんのだ。

つくづく解せん。

いや――だからといって、あいつを抱きたいわけではないが。

断じて。あんなごつい男。誰がっ。

「俺はホモじゃない」

シンクに吐き捨て、きゅっときつくカランを捻《ひね》る。刹那ふっと人の気配を感じ、ふたたび視線を上げた先の鏡越しに、いつの間にか背後に立っていた入間と目が合った。苛立ちの元凶が、洗面所の壁に寄りかかり、ただでさえ狭い出入り口をでかい体で占拠している。

「……そこで何をしている？」

「なかなか戻ってこないから、トイレでぶっ倒れてねぇか心配になってな」

「今、出るところだ」

短く答え、奥村はホルダーからペーパーを引き抜いた。丁寧に手を拭《ふ》き、ダストボックスへ濡れたペーパーを突っ込み、ゆっくりと振り返る。と、すぐ後ろに入間がいた。さっきよりさらに距離が縮まっている。

「なんだ？　使うならいったん外へ出ろ。俺が出てか…ら……っ」

言い終わる前に二の腕を掴まれ、黒いタイルの壁にどんっと背中を押しつけられた。

「………っ」

二十センチの至近距離から、色素の薄い瞳《ひとみ》がじっと奥村を見下ろす。身を捩《よじ》って逃れようとしたが、腕を拘束する手はびくともしない。

「あとで話を聞いてくれるんじゃなかったのか」

車中での約束を蒸し返され、奥村はうっすら顔をしかめた。

「こんなところでか？」

「トイレの横が気に入らないか？」

トイレうんぬんよりも密着した大きな体と熱っぽい視線が疎《うと》ましい。誰もいないとはいえ神聖な仕事場――の一部だ。とにかく一刻も早くこの不本意な状況から解放されたい一心で口を開いた。

「わかったから早く言え」

おざなりな促しの直後、すっと唇が近づいてきて、耳殻《じかく》に低く囁く。

「愛してる」

「…………」

奥村のこめかみがひくりと蠢《うごめ》いた。

公私のケジメなど欠片《かけら》もない人間は、ところ構わずこっ恥《ぱ》ずかしい台詞を口にするが、さっきまで鳴沢相手に脂下《やにさ》がっていた男に言われても、ちっとも嬉しくない。どちらかというと腹が立つ。

「そうか。……それで？」

甘い気分になるどころか、イライラがムカムカにバージョンアップした奥村が、冷ややかに問い返すと、視界の中の人間の顔が引きつった。

「なんでそんなにつれないんだよ。明日から三日も会えないんだぜ？」

「たかが三日だろ」

「たかが⁉　七十二時間も離れ離れなんだぞ！　一分だって離れたくねーのに！」

キレた入間が、次の瞬間、ふっと双眸を細める。飢えた獣みたいな獰猛《どうもう》な眼差《まなざ》しで奥村を射貫《いぬ》いた。

「三日分のエネルギーを補充させろよ」

迫ってきた唇から顔を背《そむ》けようとしたが、大きな手で顎《あご》を固定されてしまう。

「……う、くっ」

熱っぽい唇がひさしぶりの感触を味わうように吸いつき、硬い舌先が唇の合わせ目をつついた。侵入を懸命に拒んでいると、大きな手で尻をぎゅっと摑まれる。びくっと身じろいだ隙《すき》に、濡《ぬ》れた肉塊がぬるっと押し入ってきた。

「ん……ん……ッ」

主《あるじ》に似て傍若無人な舌が、口腔《こうこう》内を我が物顔で這《は》い回る。密着した硬い筋肉のしたたかな張り、太股《ふともも》を這う淫靡《いんび》な手の動きに、たちまち下腹《はら》が熱を孕む。

（……くそ）

奥村はきつく眉を寄せて、官能の波にさらわれそうな自分を必死に堪えた。

「は…なせっ」

息継ぎの間に首を振り、入間の顎を手のひらでぐいっと押し退《の》ける。

「……仕事場で不埒《ふらち》な真似は許さないと言っただろう。これ以上セクハラを続けるなら今すぐマネジャーを降りるぞ」

ドスのきいた低音で凄むと、不服そうに口を尖《とが》らせながらも拘束が緩《ゆる》んだ。

「三日分にゃ全然足りねぇ」

「充分すぎてツリが来る！」

ぴしゃりと断じて入間の腕をすり抜ける。洗面所から飛び出した奥村は、廊下で乱れた髪を撫《な》でつけ、濡れた唇を手の甲で拭《ぬぐ》った。

……なんであの馬鹿は思春期のガキみたいに始終がっついてるんだ。

社会人ならTPOくらいわきまえろ。おまえは主賓《しゅひん》然とふん反り返ってりゃいいかもしれないが、俺はこれからオヤジたちと親交を深めなければならないんだぞ。

このまま家に帰ってしまいたい衝動をかろうじて抑えつけ、背後を振り返る。

「早く支度《したく》をしろ。あと三十分しかないぞ」

「別に支度なんかねーよ」

ふてくされた表情で未練がましく洗面所に立つ男を見て、奥村は眉をひそめた。

「おまえ、その格好で会食に行くつもりか？」

カーキ色のTシャツにミリタリー柄のカーゴパンツという出で立ちは撮影時の定番アイテムだったが、どう考えても高級料亭にはそぐわない。

「ネクタイをしろとは言わないから、せめて襟付きのシャツにジャケットを着ろ」

「ジャケット？」

「持ってないのか？」

嫌な予感に奥村の表情が翳《かげ》る。

「たしか一着くらい持ってるはずだが……どこにあるのかはわからねえ。そういや軽く三年は見てねぇな」

とぼけた返答に叫んだ。

「探せ！」

ふたりがかりで入間の私物が詰まった倉庫を引っ掻き回し、どうにか黒のスーツと白いシャツを見つけ出す。

「懐かしいぜ。じいさんの葬式で着たきりだ」

「いいから早く着ろ。あと十五分だぞ」

腕時計を睨んで苛々と待つこと五分、ようやく奥の部屋から入間が現れた。ジャケットを羽織《はお》りながら尋ねてくる。

「これでいいか？」

「………」

「なんだよ？　どっか変か？」

のだが。

実際、初めて見る入間のスーツ姿は思いがけずまともだった。かなり決まっていると言っていい。もともと背が高くてガタイもいいのだから、スーツが似合って当然といえば当然なのだが。

白いシャツの胸許から覗く浅黒い肌が妙に艶っぽい。ダークスーツはえてしてヤクザ仕様になりがちだが、こいつの場合はマフィアに見える。まばらな不精髭すら、なぜかイタリアの伊達男《だておとこ》風に見えるから不思議だ。髪を水で濡らしてオールバック気味に撫でつけると、形のいい生え際や高い鼻など、彫りの深さが余計に際立って、日本人にはほとんど見えなかった。

「おまえ……やっぱり外国の血が入ってるだろう？」

「さぁな。本当のところは俺にもよくわからないんだ。ものごころついた時分からじいさん、ばあさんが親代わりだったし、親の写真は一枚も残ってなかったからな」

結構ヘビーな生い立ちをさらりと話されて、一瞬言葉を失った奥村に、入間が唇を歪《ゆが》める。

「ま、そんなことどうでもいい。——いい男だと思ったら素直に誉《ほ》めろよ」

……こんな男に一瞬でも見惚《みと》れた自分が馬鹿だった。

にやける男を半眼で見据《みす》え、奥村は低く落とした。

「馬鹿も休み休み言え。いい加減キレるぞ」

3

入間と及川がバリに発った日の午後、奥村はひとり事務所で仕事に勤《いそ》しんだ。

鳴沢と個展の件で連絡を取り合い、メールやファックスでやりとりをして、懸案の事項をいくつか片づけたあと、新しい仕事の依頼の電話を捌《さば》きつつ、トークセッションのレジュメを作る。夕方には、売り込みに来たモデルプロダクションの営業と会った。

やはり入間がいないと仕事がはかどる。セクハラまがいのコミュニケーションから解放されるぶんだけ、ストレスは減るし時間のロスも減る。片づけた端から部屋を汚すやつもいないし、いちいち何をするにも煩《うるさ》い物音を立てるやつもいない。

静かな室内でサクサク仕事が進むことの、なんという心地よさ。

(天国だな)

ひさびさ自分らしいペースが戻ってきた感覚に、奥村は上機嫌でパソコンの電源を落とした。まだ七時を少し過ぎたところだったが、今日のノルマは早々に終了してしまった。

いっそこのまま一週間ほどバリにいてくれると助かるんだが……などと非情なことを考え

ながら、事務所の戸締まりをする。

人通りが多い時間帯に骨董通りを歩くのはひさしぶりだった。

ライトアップされた店頭ディスプレイを横目に、ゆったりとした足取りで歩く。顔を撫でる夜風が生暖かい。年明けからばたばたと忙しい日々を送っているうちに、いつしか季節が変わっていたことに、いまさら気がついた。

あと十日もすれば花見シーズンか。会社勤めをしていた頃は毎年新宿御苑《しんじゅくぎょえん》で宴会があったな。

わずか数ヶ月前の生活を遠い昔の出来事のように懐かしく思い出し、久方ぶりに新宿まで足を延ばしてみようかと思い立つ。サラリーマン時代は行きつけだった呑み屋にも、すっかり不義理をしていた。渋谷駅へ向かって青山通りを下り始めた奥村はほどなく、自分とゆっくり並走するベンツに気がついた。

黒塗りのボディにフィルムが張られたウインドウ。見るからに怪しげな——。

念のために足を止めると、倣《なら》うようにベンツも停まる。

……なんだ？

警戒を強める奥村の視線の先で、後部座席のドアが開いた。まず、ピカピカに磨き抜かれた革靴がアスファルトを踏む。継いで光沢のあるシルバーのスーツ、最後にオールバックに撫でつけられた黒い頭部が現れた。

長身の男だ。見るからに仕立てのよさそうなダブルのスーツの下は黒いシャツ。堅気《かたぎ》の勤め人はまず手を出さない、複雑な刺繍《ししゅう》が施《ほどこ》された真紅のネクタイを締めている。

「………」

自分に向かって少しずつ距離を詰めてくるその男を、目を細めて凝視した。秀でた額とえらの張った骨格に見覚えがある――そう思った瞬間、背筋を悪寒が走り抜けた。

カツ、コツと石畳を叩いていた革靴が、一メートルほど手前で止まる。

とうとう間近で相まみえた顔に、奥村はゆるゆると瞠目《どうもく》した。

「ひさしぶりだな。靫也」

対峙《たいじ》した男が、薄い唇で静かに微笑んだ。けれどその細い目は少しも笑っていない。

「……氷川《ひかわ》」

喉の奥からかすれた声が零《こぼ》れ落ちる。

その名を口にした刹那、十年分の時が逆行した気がした。

氷川巌《げん》。

彼は、奥村が荒《すさ》んだ生活を送っていた時代の昔なじみだった。

十数年前――十五で養護施設を飛び出したあと、行き場も職もなく歌舞伎町《かぶきちょう》をうろついていた奥村を拾ったのが、三つ年上の氷川だった。新宿のとある組の下《した》っ端《ぱ》に名を連ねていた氷川は、当時すでに独特な殺気を纏《まと》う男だったが、同じように肉親を持たないという境遇からか、奥村を弟のようにかわいがった。一時期は氷川のアパートに転がり込み、共に暮らしたことさえあったほどだ。だが、日を追って氷川は奥村への独占欲を剝き出しにし始め、別の誰かと呑みにいくことはおろか、話をすることすら禁じるようになる。

常軌《じょうき》を逸した自分への執着が疎《うと》ましくなっていたそんな折、白美《はくび》の先代との出会いがあり、それを機に奥村は裏社会ときっぱり縁を切った。

その後、組を辞めた氷川がロシアへ渡ったと、風の噂で聞いていたが——。

「日本の土を踏むのは十年ぶりだが、おまえは変わらないな」

その噂を裏づけるように、氷川がつぶやく。向けられる昏《くら》い視線に、十年前と変わらぬ情念のようなものを感じて、奥村はひそかに身震いをした。

なんでいまさら氷川が自分を訪ねてくるのか。

ここで待ち伏せしていたということは、今の勤め先も把握済みということか？　だとしたら、日本にいなかった氷川がなぜ自分の近況を知ってるのか。

次々と湧《わ》き上がる疑問を口にする前に、抑揚のない声が届く。

「迎えに来た」

「迎えに？」

一瞬、何を言われたのかわからなかった。ようやく意味を理解すると同時、軽いめまいを覚える。

「もう一度おまえと組みたい」

とんでもない申し出に、奥村はあわてて首を横に振った。

「待ってくれ。俺は足を洗ったんだ。もうあの頃の俺じゃない。今はごく真っ当な勤め人で……」

「俺の片腕になってくれ」

懸命に言い募《つの》る奥村を無視して、氷川は一方的な要望を繰り返した。

「おまえが去っていった十年前——あの頃の俺はまだ若く、おまえを引き止めるだけの力がなかった。だが今は違う。おまえを俺から奪った白美のジジイは死んだし、俺も力をつけた」

「氷川、だから……」

「モスクワに俺の組織がある。仲間は若いが骨のあるやつらばかりだ。さらに組織を強化するために、俺をサポートするナンバー2が欲しい」

「氷川！」

言葉の通じない相手に苛立ちながら、それでも奥村は根気強く説得を試みた。

「頼む。聞いてくれ、俺は」

しかし、氷川はゆっくりと首を振る。

「この十年で人種もタイプも異なるあらゆる人間と組み、そうして思い知った」

蛇のようなねちっこい視線が絡みつき、本気を思わせる低音が言い切った。

「やはり、俺にはおまえしかいないんだ。靫也」

聞く耳を持たない氷川に、それでも自分はロシアへ渡る意志がないことを強固に告げ、男の手を振り切るようにその場を去った。

結局、新宿には寄らずに目黒《めぐろ》の自宅マンションへ直帰した奥村は、靴を脱いでリビングに入るなり、ソファにどさっと沈み込んだ。

「氷川のやつ……頭がおかしいんじゃないか？」

乱暴にネクタイを引き抜き、吐き捨てる。

十年ぶりに突然訪ねてきたかと思えば、何が「片腕になれ」だ。

三十をいくつも過ぎた男に対して「迎えに来た」などと、よくも臆面《おくめん》もなく言えたもんだ。

勝手に来るな。俺はどっかの姫か。

同じように「あんたが欲しい」だの「俺のものになれ」だのと戯言《たわごと》を連発しても、陰湿でないぶん入間のほうが遥かにマシだ。どのみち低レベルの闘いではあるが。

「くそ忌々《いまいま》しい」

氷川の奇襲のおかげで、すがすがしい解放感も食欲もすっかり失《う》せてしまった。仕方なく、キンキンに冷えたビールを空《す》きっ腹に流し込む。

（思い出したくない過去はアルコールで流してしまうに限る）

とっとと酔っぱらってさっさと忘れてしまいたかったが、昏く粘着質な視線は焼酎に移行してもなかなか脳裏から消えてくれなかった。

同居していた頃、夜中にふと目が覚めると、隣りで寝ているはずの氷川が暗闇の中でじっと自分を見つめていることがあった。

まとわりつくようなその凝視が、先程の蛇のような眼差しとオーバーラップするにつれ、頭の片側がズキズキと痛み始める。

……畜生。始まった。

会社勤めを辞めてからは出ていなかったのに。

その夜、奥村は、ひさびさの偏頭痛に何時間も苦しんだ。

翌日、寝不足のまま骨董通りの事務所に出勤した奥村は、今度は午前中いっぱい、電話攻勢に悩まされる羽目に陥った。

度重なる電話の主は氷川。回線の向こうで、無気味なほど抑揚の欠けた声が繰り返す。

『靫也、俺のものになれ』

「いい加減にしてくれ！」

『ロシアで仲間がおまえを待っている』

「あんまりしつこいと営業妨害で警察に通報するぞ」

『かつてあれだけ新宿の警官を泣かせたおまえが、警察に泣きつくのか？』

「俺はもう堅気だからな。税金を納めている以上、権利がある」

『そう簡単におまえの警察アレルギーが治るものか』

嘲笑《ちょうしょう》にむっとして受話器を叩きつけたが、一分も経《た》たずにまたベルが鳴り始めた。たまらず留守電に切り替えると、今度は携帯が鳴る。それも無視していたら、メールが入ってきた。

いっそ携帯の電源を切ってしまいたかったが、仕事の連絡がある以上はそうもいかない。着信番号表示を確認して、仕事関係だけ出ることにした。

嫌がらせとしか思えない氷川からの執拗なアプローチと、それに対する苛立ちで仕事に集中できず、その日のノルマが果たせたのは深夜近く。

夕方から再発した頭痛を抱え、目黒駅からの帰路を歩いていると、後ろからワゴン車がついてきた。運転席にはチンピラ風の若い男の姿が見える。

今度は車か——。

長く日本を離れていたわりには、奥村の自宅の住所、携帯番号、メールアドレス、勤め先の電話番号までをあっさり突き止めた。すなわち氷川はロシアだけでなく、日本国内にもそれなりの組織、もしくはそれに準じる情報網を持っているということだろう。

自宅などとうに調べがついているだろうから、この尾行は明らかに嫌がらせだ。じわじわと心理的なプレッシャーをかけ、奥村が逆切れするのを待っているのか。

しかしおそらくは、向こうから手を出してくることはないはずだ。氷川とて、法治国家の日本で、三十過ぎた社会人を拉致《らち》すればどうなるかはわかっているだろう。

着かず離れずののろのろ運転で奥村を追走したワゴンは、マンションの前の路肩で停まり、そのまま動かなくなった。しばらく自室の窓から定期的にチェックを入れたが、立ち去る気配はない。

翌朝。ブラインドの羽根を指で押し、細長い隙間から地上を窺《うかが》った奥村は、昨日と同じ位置にワゴンを発見して舌を打った。

（しつこい）

地上まで駆け下りて運転手を引《ひ》き摺《ず》り下ろしたい衝動に駆られたが、こっちから手を出せば相手の思うつぼだ。

あわてず、騒がず、平常心。

とにかく、敵が諦《あきら》めるまで無視するのが得策だ。

改めて自分に言い聞かせると、その日は雑念を頭の片隅に追いやり、極力仕事に没頭した。

電話は相変わらず鳴り続け、尾行もあったが無視し続ける。

個展準備の慌ただしさにプラスして、そんなストーカーまがいの行為が二日ばかり続いた週末。

自室に戻って上着を脱ぎ、ネクタイに手をかけた奥村の背後で電話が鳴った。壁ぎわの親機に近寄り、ナンバーディスプレイを確認すると、入間の携帯の番号が並んでいる。ごたごたに紛れて失念していたが、そういえば今日が帰国予定日だった。子機を摑んで通話ボタンを押す。

『靫也か？』

三日ぶりの、少しかすれた癖のある声が耳殻を震わせた刹那、思いがけず切ないような甘酸っぱいような、不可思議な感情が胸に満ちた。

「ああ……今どこだ？」

『車ん中だ。悦を世田谷で落としてそっちへ向かってる。事務所に電話したら出なかったんで、時間的にも自宅だと思ってな』

普段なら勝手に来るなと怒るところだが、今日はなんとなく言いそびれる。

「撮影はどうだった？」

『誰に訊《き》いてるんだよ？　この俺が、あんたと三日も離れてがんばったからには、すっばらしい出来に決まってんだろ？　クライアントのオヤジとネエちゃん、涙流して喜んでいたぜ？』

相変わらず自信に満ちた声を耳に、このところずっと重苦しかった胃が少しずつ楽になっていくのを感じた。自分で思っている以上に氷川の件が堪《こた》えているのだろうか。

『ホテルもまぁまぁだったし、メシもそこそこ美味かったんだが、夜の独り寝がつらくてなぁ。――あ、浮気とか心配すんな。毎晩、あんたのエロい声とかやらしい顔とか思い出して右手で自分を慰《なぐさ》めてたから』

人をオカズにするなと怒鳴りかけた時、不意に回線越しの声の調子が変わる。

『マジで会いたくて気が狂いそうだった』

「……たかが三日だろ？」

子機を肩に挟んだまま、奥村はキッチンへ足を向け、冷蔵庫のドアを開けた。

ビールのロング缶が六本に白ワインが一本。つまみは瓶詰めのオリーブとブルーチーズがある。なんとか事足りるだろう。

『あんたは俺と離れて寂しくなかったのかよ？』

入間の問いに答えようとして、ふと、かすかな雑音を感じた。キーンという甲高《かんだか》い共鳴音が聞こえたあとで、電話が少し遠くなる。――混線か？

「寂しがってる暇なんかあるか。こっちはおまえの個展準備で飛び回っていたよ」

『嘘《うそ》でもいいから寂しかったって言えよ』

拗《す》ねたような声に苦笑した。

「嘘はつかない主義だ」

『相変わらず融通《ゆうずう》きかねぇな。けど、そんなとこも愛してるぜ』

いつもは腹が立つ「愛してる」の大安売りも、今日ばかりは不思議と胸に染みる。そんな自分に照れて、奥村はわざとそっけなく言った。

「くだらないこと言ってて事故るなよ。ちゃんと車停めてかけてるか？」

『今すぐ抱きしめたい。あんたに触れたい』

「……入間」

『奥村靫也が足りなくて飢え死にしそうだ』

真摯《しんし》で熱い口説《くど》き文句に思わず鼓動が早まった直後。

『どうだ？　そろそろ体が火照ってきたんじゃねぇか？　ひと月やってねぇもんな。五分で着いてすぐに抱いてやるから、もうちょっとだけ我慢しててくれ。いいか、どんなに先っぽから我慢汁が出ても自分では抜くな…』

「事故ってよし！」

ブチッと通話を切り、憤《いきどお》りに任せて子機を手荒く充電器に戻そうとして、途中で止《や》めた。

手の中の子機を思案げに見つめる。連絡はもっぱら携帯で済ませ、固定電話を使うことは滅多にないので、今まで気がつかなかったが。

奥村はキッチンからリビングのクローゼットの前へと移動した。扉を開けて工具箱を取り出す。フローリングに胡座《あぐら》をかき、子機を手早く分解した。ドライバーの先で配線を避《よ》けたその奥に、ひっそりと潜んでいるパーツがある。

超小型の盗聴器だった。

（……いつの間に？）

険《けわ》しい顔で指で摘《つま》んだ一センチ角ほどの精密機械を見つめていると、玄関のチャイムが鳴った。そっと玄関に忍び寄り、ドアスコープを覗き込む。

外国人のごとく両手を大きく広げた入間の姿が見えた。

「帰ったぜ、ハニー！」

ドアを開けたとたんに自分を抱きしめようとする男を、奥村は無言で押し退けた。

「なんだよ？」

拒絶された入間が口を尖らせる。

「ただいまの抱擁《だっこ》くらいいーじゃねーか」

「しっ」

不満げな男をひとさし指を立てるジェスチャーで黙らせ、腕を取って室内へ引き入れた。

「そこに座っていろ」とソファを指差し、自分は家捜しを始める。

初めから棚の中や机の下などは探さずに、素人《しろうと》はまず気がつかないだろう箇所に当たりをつけた。自分が仕掛けるならば——という推察のもと、さほど時間をかけずに、コンセントカバーの裏から盗聴器を見つけ出す。同じように寝室からも発見。電話に仕掛けられたものを合わせれば合計三つだ。

どうやら奥村が仕事に出ている間に、なんらかの手口を用いて室内に上がり込んだらしい。ピッキングか、合鍵か。いずれにせよ、この部屋のセキュリティは、とうに氷川の手に落ちていたということだ。

……くそ。

偏頭痛でコンディションが悪かったとはいえ、不法侵入に気がつかなかった自分の迂闊《うかつ》さにも腹が立ち、手のひらの盗聴器をぐっと握り締める。この機械を介して、自分の生活のすべてを氷川に覗かれていたのかと思うと、いまさらながらぞっとした。

肩を怒らせ、つかつかと廊下の端のトイレまで歩み寄り、ドアを開ける。便座カバーを持ち上げるなり、上空でぱっと手のひらを開いた。カツンと陶器にぶつかった盗聴器が、水溜《みずたま》りにポチャンと落ちるのを待ってレバーを捻る。

水流に呑み込まれていく三つの盗聴器を冷ややかに見下ろしていると、背後から声がかかる。

「……もうしゃべってもいいか」

振り返ったすぐ後ろに、険しい顔つきの入間が腕組みで立っていた。この男にしてはめずらしく、指示どおりに口を結んで奥村の後ろをついて歩いていたのだが、ついに痺《しび》れを切らしたらしい。

「俺がいない間に何があった？」

「………………」

その質問には答えず、トイレのガラス窓を薄く開く。例のワゴンがちょうど発車するところだった。あの車が中継点となって、別の場所にいる氷川に音声が流されていたのだろう。中で傍受《ぼうじゅ》していたやつは、突然の水音にさぞや驚いたに違いない。あたふたと立ち去る様子に、わずかばかり溜飲《りゅういん》を下げる。

「おい」

去っていくワゴンを睨《ね》めつける奥村の腕を、入間が摑んできた。

「さっきのあれ、盗聴器じゃねぇのか？」

確かめてくるその真剣な表情からも、異変を察した入間が自分のことを本気で心配しているのはわかる。

だが、氷川の件は、言わば身から出た錆《さび》だ。関係のない入間を巻き込みたくない。

「おまえには関係ない話だ」

奥村の硬い拒絶の声に、入間がむっと唇をへの字に曲げた。

「関係ないってこたねーだろう。あんたは、俺のマネジャーなんだぞ。つまり、俺はあんたの雇用主だ。自分のところのスタッフの家に盗聴器を仕掛けられて、平然としていられるかよ？」

「………」

それでも頑なに沈黙を貫いていると、ほどなく、あからさまなため息《いき》が落ちる。

ぐいっと二の腕を乱暴に引いて、入間が言った。

「とにかく、今日は俺んとこに来い」


有無をも言わせぬ勢いで引っ立てられた奥村は、取るものも取りあえずローバーに乗せられ、青山にある入間の自宅マンションへ連れて来られた。

盗聴器を処分したとはいえ、やはり薄気味悪さは拭いきれなかったから、何度か訪れたことのある入間の部屋に着いた時は、正直、奥村としても少しほっとしたことは否めない。

だがその安堵《あんど》感も束の間、目の前のあまりの惨状に吹っ飛んだ。

「こんなゴミ溜《た》めに泊まれるか！」

「そういやバタバタとロケに出たからな」

「自分のだらしなさをロケのせいにするな！」

怒鳴りながらも点在する衣類を拾い上げ、食べ散らかした食器をシンクへ運び、あらゆる種類のゴミを一緒くたにしてダストボックスへ放り込む。

「なんか手伝うか？」

「邪魔だ。どけ」

低く恫喝《どうかつ》して、役立たずの大男を押し退ける。

事務所から徒歩十五分の場所にあるここは、俗に超高級マンションと言われる物件だ。芸能人が住むことでも知られ、セキュリティは万全。外装も室内の造りも、奥村の部屋とは比べものにならないグレード感を誇っている。当然、家賃も馬鹿高価《たか》い。

同年代の月給ほどの大枚《たいまい》をはたいて物置きでも借りているつもりか？

まさに宝の持ち腐れとはこのことだ。稼ぐわりに金品に頓着《とんちゃく》しないと思っていたが、やっぱり人として大切な何かが欠落している。

三十分に及ぶ孤軍奮闘の末、ようやくなんとか人間の住処《すみか》になったところで、ひゅーと口笛が鳴った。

「すげーな。神業《かみわざ》？」

本当は何よりまず一番に粗大ゴミに出してしまいたかった男を、奥村は横目で睨んだ。

「知ってるか？　片づけられないのは精神障害の一種らしいぞ」

「じゃあ一生治さずにいるかな。そしたら、あんたが片づけに来てくれるだろ？」

邪気のない笑顔を、これ以上ないほどに冷ややかな視線で射貫《いぬ》く。

「甘えるな。おまえがゴミの下敷きになって死んだら葬式で高笑いしてやる」

余計な肉体労働をしたせいか、風呂から出るとぐったりと疲労感を覚えた。入間のワードローブから寝間着代わりのTシャツとスエットジャージを借りて、寝酒もせず、早々にベッドへ潜り込む。

シーツを取り替えたので、ぱりっとした硬さが心地いい。しばらくするとブランケットの端が捲《まく》られる気配がして、マットレスがギシッと軋《きし》んだ。

片目を薄く開けた奥村は、背中を向けたまま宣言する。

「今日はしないぞ」

「ちぇ」

舌を打ちながらも大きな体がぴったりと背中にくっついてきた。湿った髪から漂《ただよ》う、自分と同じシャンプーの匂《にお》い。Tシャツ越しに、入間の熱くて硬い肉体を感じる。

「……おまえはマリリン・モンローか。なんで裸なんだ？」

コトの前後ならともかく、ただ寝るのに全裸である必要があるのかという疑問を口にすると、密着した唇が動いた。

「ガキの頃からの癖でな。素《す》っ裸《ぱだか》じゃねぇと眠れないんだよ」

熱い吐息が背中にかかってこそばゆい。

「熱いぞ。離れろ」

「やだ」

子供みたいな駄々《だだ》をこねた入間が、腕を巻きつけてくる。暑苦しい上に重かったが、もはや振り払う気力すらない。体が鉛《なまり》のように重く、じゃれるみたいに首筋や肩口にキスされても抗《あらが》えなかった。

やがて、大型犬のじゃれつきが、艶めいた愛撫《あいぶ》へと少しずつ色を変えていく。ざらついた舌がうなじを這い、耳の裏を熱い吐息が嬲《なぶ》る。

「……靫也」

犬歯《けんし》で耳朶《じだ》にじわじわと圧力を加えつつ名前を呼ばれ、不覚にもぞくっと背筋が震えた。

「離れ…ろ」

拒絶の言葉は、自分でも腹立たしいほどに力がない。そんな奥村の微妙な変化を見逃す相手じゃなかった。こういったことには猟犬並みに鼻がきくのだ。

「……なぁ」

いつの間にか、Tシャツの裾《すそ》から潜り込んでいた手が、脇腹を撫でさすっている。

「ちょっとだけしよう――な？」

何が「な？」だ。甘ったるい声出して、勝手に人の尻《しり》の間に半勃《はんだ》ちのナニを押しつけてるんじゃない。

「本当にちょっとだけ。先っぽだけ入れて二、三度動いたらすぐ達《い》くし、あんたはマグロみたいに寝てていいから」

「……から？」

「嵌《は》めさせろよ」

やけに下手《したて》に出ていたかと思えば、いきなりこれだ。むっとして背後の男を薙《な》ぎ払いかけた腕を取られ、くるっと体を反転させられた。抗う間もなく頑強な肉体がのしかかってきて、唇を奪われる。

「んっ……」

キスで反駁《はんばく》の声を塞《ふさ》ぎながら、入間は剝《む》き出しの下半身を押しつけてきた。

「………っ」

熱く猛《たけ》った欲望をぐりぐりと擦《こす》りつけられ、全身がびくんっとおののく。卑猥《ひわい》な動きに気を取られている隙に、大きな手がスエットの中に潜り込んできた。握り込んだ欲望をほんの数回扱《しご》かれただけで、あっさりと自分が高ぶるのがわかる。

「……ん、んっ」

敏感な裏の筋を親指の腹で擦り上げられて、食いしばった唇の隙間から淫《みだ》らな息が零れた。

疲れているのに。腕も上がらないほどに疲れきっているのに。

なんで反応してるんだ？　俺の体は。

自分の意志に背く肉体に憤っているうちにTシャツを胸まで捲り上げられた。すでに芯《しん》を持ち始めていたふたつの尖りに入間が吸い付く。ざらっと舌で先端を舐められて、堪えきれない声が零れた。

「あっ……あぁ」

「乳首、弱いよな。弄《いじ》るとすげー感じて濡れるもんなぁ」

悔しいけれど否定できない。入間の愛撫によって赤く腫《は》れた乳首は、いまや痛いくらいにひりついていた。ちょっと弄られただけで、腰が跳ねる。

「下ももうとろっとろだぜ。先っぽからエロい蜜が溢《あふ》れて……軸まで滴《したた》って……ぬちゅぬちゅ言ってる。聞こえるか？」

わざと音を立てるみたいに入間が手を動かすと、恥ずかしい摩擦音が聞こえてくる。

「や…めろっ」

自分の浅ましさにめまいがした。女のように乳首で感じて、硬い手の愛撫に滾《たぎ》り、男の手のひらをしとどに濡らしているなんて……。

畜生。俺をこんな体にしやがって。

欲情に潤《うる》んだ切れ長の双眸で、奥村は頭上の入間を睨んだ。

「……責任……取れ」

浅黒い貌がにやりと笑う。

「任せろ。天国へいかせてやる」

その宣言どおり、入間はその全身を使って、じっくり、ねっとりと奥村を愛撫した。

衣類をすべて剝《は》ぎ取られた痩身の、あらゆる部位に唇が這う。濡れそぼった性器を根元深くまで口で含まれ、硬い舌と熱い粘膜で追い上げられる。双球をたっぷりと唾液《だえき》で濡らされ、その奥の窄《すぼ》まりは舌先でいじくられた。

「っ……ふっ……アッ」

「気持ちいいか？　靫也？　ん？」

口淫《こういん》でやさしく嬲りながら、何度も名前を呼んで確かめてくる。

額に、頰に、こめかみに、鼻先に、キスが降る。

今日の入間は、いつになく甘い。

言葉も、愛撫も。

情熱的でワイルドなセックスが売りの男が、まるで暴君キャラをイメチェンでもしたようにやさしい。

(入…間？)

蕩《とろ》けるような焦《じ》れったい愛撫に、戸惑いつつも翻弄《ほんろう》される。前戯《ぜんぎ》だけで張りつめた性器は、一刻も早い解放を請うように、とろとろとシーツに涙を零していた。

「も……う……」

甘い責め苦に耐えきれず、ついに泣き言が口をついて出た。

「早……く」

「早く？　なんだ？　ん？」

意地悪く焦らされて、たまらず腰を揺らめかす。

「入れ……ろ……早くっ」

懇願に応《こた》えるように、汗ばんだ体が背後から覆《おお》い被《かぶ》さってきた。骨張った指をそこに差し入れられただけで、撓《しな》った背中がびくびくと震える。

「すげぇ……あんたのここ、今にもしゃぶりつくしそうな勢いで、俺の指をきゅうきゅう締めつけてるぜ？」

感じ入ったような、溜め息混じりの囁きが首筋に落ちた。

「これだけ濡れてたらジェルはいらねぇよな」

四つん這《ば》いで尻だけを突き出した屈辱的な体勢を強《し》いられた奥村は、シーツに突っ伏し、奥歯を噛み締めた。

「後ろからされんの好きだろ？　バックから入れると、あんたのいいとこに当たるんだよな。待ってろ。今太いのを嵌めて……いっぱい……擦ってやるから」

甘く昏い声音《こわね》であやしながら、熱い楔《くさび》がじわじわと押し入ってくる。

「うっ……あ、あぁ」

たくましいもので身を割り開かれる強烈な刺激に、奥村は身悶《みもだ》えた。

……たまらない。たまらなく、いい。

とろけた肉襞《にくひだ》がさらなる官能を求め、貪欲《どんよく》に異物を締めつけているのがわかる。数度の抜き差しで奥村はたちまち上り詰め、「いけよ」という入間の促しに、ひとり飛沫《しぶき》を散らした。

「…………ふ…………」

吐精《とせい》の余韻《よいん》に震えている間に、後ろから抜け出た入間が、めずらしくちゃんとゴムを装着して、もう一度入ってくる。息を整える間もなく大きな手で腰骨を摑まれ、後ろからガクガクと揺さぶられた。

「あっ、あっ……んっ、あっ」

抽挿《ちゅうそう》のたび、中の入間がさらに硬く、大きくなっていくのを感じ、そのエロティックな感触に自然と腰が揺れてしまう。

ぎりぎりまで引かれた次の瞬間、勢いよくずんっと突き入れられる。一番感じる場所を反り返った切っ先で何度も擦られて頭が白くなった。

「あっ……あっ、う」

開ききった喉《のど》から、絶え間なく嬌声《きょうせい》が漏れる。もはや、矜持《きょうじ》を取り繕う余裕もない。快

楽を貪《むさぼ》る獣と成り果て、奥村はよがり泣いた。

「――イッ……い、くっ……あぁっ」

ふたたびの絶頂の予感に喉を震わせると、ぎゅっと包み込むようにきつく抱き締められる。密着した入間の体がぶるっと震え、そして――。

「靫也……」

男の放埓《ほうらつ》を最奥で受け留めて、奥村もまた下腹を白濁《はくだく》で濡らした。


翌朝。

全裸の入間の胸の中で目を開けた奥村は、満ち足りた息を小さく吐いた。

さすがに腰はだるいが、それを上回る解放感がある。数日ぶりに熟睡したせいか、偏頭痛もきれいさっぱり消えていた。

心地よい気怠《けだる》さに浸ってしばらく、徐々に頭が覚醒《かくせい》するに従い、少しずつ複雑な気分になってくる。

(何をほのぼのくつろいでるんだ……俺は)

目線を上げた先の、彫りの深い貌《かお》。なめし革のように張りつめた肌。高い鼻と肉感的な唇。

頑丈な顎に浮く不精髭。張りつめた筋肉質の体。……こんなごつい男の腕の中で安らぐなんてどうかしてる。

一ヶ月禁欲していたし……氷川のことがあって少し参っていたから……きっとそうだ。

かなり強引に自分を説得する。

たしかに昨夜は、包み込むような包容力といつになく甘ったるいムードについつい流されたが、だからといって断じてこの男を頼っているわけではない。

断じて！

ひとりで力んでいると、色素の薄いまつげがふわふわと揺れて、ゆっくりと持ち上がった目蓋《まぶた》の下から榛《はしばみ》色の瞳が現れる。

「…………」

光の加減で色合いが変わる、明るく澄《す》んだ瞳が、奥村をじっと見つめた。魅入《みい》られたみたいに見返していると、首筋に大きな手がかかり、引き寄せられる。

「靫也」

寝起き特有のかすれ声で名を呼ばれ、そっと啄《ついば》むみたいなキスをされた。やさしいキスに油断しているうちに、いつの間にかするりと舌が入ってくる。

「ん？……んんっ」

一転して強引な舌の動きに、奥村は翻弄された。キスが深まるにつれ、密着した人間の肉体が徐々に変化してくるのがわかって焦る。

「……っ」

唇が離れた瞬間にあわてて身を捩ったが一瞬遅く、摑まれた手首をぐいっと下に引かれた。熱くて硬い欲望を強引に握らされてしまう。

「弱ってるあんたがめちゃめちゃ色っぽいせいで、もうこんなだ。……頼む。俺の肉棒の高ぶりを鎮《しず》めてくれ、ベイビー」

上擦《うわず》った声で囁《ささや》く男に、奥村は自由のきくほうの手で強烈なアッパーをお見舞いした。


「なんでそう手が早いかなー。そも手加減ってもんがねぇし」

不精髭のまばらな顎をミラーでためつすがめつ入間がぼやいた。

「朝っぱらからサカるような節操ナシに手加減など必要ない」

助手席の奥村は忌々しげに吐き捨てる。

「えー？　朝だからサカるんじゃないのー？　健全な男の子の証拠じゃん」

「あんなゴミ溜めに住んでおいて何が健全だ。御託《ごたく》はいいからまじめに運転しろ。おまえのせいで遅刻だ、遅刻！」

車中でやり合いつつも定時五分過ぎには仕事場に辿り着き、玄関のドアを引き開けたとたん、隙間から及川がぬっと顔を突き出してきた。

そのただならぬ形相《ぎょうそう》に面食らう。

「青い顔してどうした？」

「じ、事務所が大変なんです！」

「事務所が？」

廊下を取って返す及川の背を追って、奥村と入間も事務所スペースへ駆け込んだ。

「こりゃあ……ひでーな」

室内の惨状に入間が顔をしかめ、奥村もしばらく絶句する。

事務所の中は、まさに台風一過さながらの様相だった。室内の抽斗《ひきだし》という抽斗はすべて開け放たれ、本や雑誌が散乱する床には椅子が横倒しになっている。

「オレも五分くらい前に着いたんですけど、玄関の鍵が開いてたから、てっきり奥村さんが先に来てるのかと思って中を覗いたら……」

まだ青ざめた顔色の及川がつぶやく。——と、そこではっと我に返ったらしい入間が身を翻《ひるがえ》した。機材を保管している小部屋へ飛び込み、やや してほっとした表情で戻ってくる。

「カメラ機材は無事だ」

入間が命の次に大事にしている機材が無事とわかって、奥村も胸を撫で下ろした。

「こっちも重要書類が保管してあった金庫は無傷だった」

「ネガ一式を自宅のキャビネットで保管しておいて助かったな」

「どうやらパソコンの中のデータも無事なようだ。他に何か盗《と》られたものは？」

「オレのほうもざっと見た感じ、荒らされた以外の被害はないみたいですけど。あ、そうだ、ちょっと暗室見てきます」

そう言って暗室へ向かった及川が、遮光カーテンを捲るなり悲鳴をあげる。

「うわぁっ」

「どうした⁉」

及川まで駆け寄った奥村は、彼の肩越しに大量の紙屑《かみくず》を見て立ち竦んだ。

「……これは？」

「紙焼き……の破片です」

頽《くずお》れるように膝を着いた及川が、散《ち》り散《ぢ》りになった印画紙を拾いながら震え声で答える。

暗室のロッカーに保管してあった全紙大の紙焼きが、一枚残らず粉々に破かれていた。中には、半月近くかけて焼いた個展用のプリントも含まれている。

「明日には額装に出す予定だったのに……どうしよう」

「くそったれ！」

半泣きのアシスタントを見下ろして、入間が低く唸る。写真家にとって写真は我が子も同然。その子供をこんなふうに踏みにじられて、どんなにか口惜《くちお》しいだろう。

「誰がこんなことを……畜生」

髪を掻きむしって憤る男の横で、奥村は両手をぎゅっと握り締めた。

(氷川だ)

単なる物取りの犯行なら、金になる機材や金庫に手をつけずに去ることはまずあり得ない。プロ裸足《はだし》の鍵開けの技術といい、嫌がらせめいた手口といい、九分九厘《くぶくりん》、氷川の仕業だろう。

おそらく昨夜の盗聴で入間と自分の関係を知って……。

「すまない」

苦いものを嚙み締め、低い声で謝罪する。

「……俺のせいだ」

自分が関わったばかりに――。

「籾也？」

怪訝《けげん》そうな顔つきの入間から、つと目を逸《そ》らした奥村は、氷川に対する憤りを深く抑え込み、努めて冷静な声を出した。

「とにかく、今後の対応策を練ろう」

鳴沢に電話をして、事情を話し、事務所に来てもらうように頼む。すると、同じ青山にある『日本芸術協会』から十分で駆けつけてきた鳴沢が、事務所の惨状に息を呑んだ。

「本当にひどいな。警察には通報したのか？」

「まだだ」

入間が即答し、奥村がやや硬い声で説明する。

「一週間後に差し迫った個展の対応が最優先だと思い、まずは鳴沢さんに連絡を差し上げたのです」

取り急ぎ、そこだけざっと片づけた打ち合わせスペースで、四つの頭を突き合わせ、今後の対応策を話し合った。

「今からすべてを焼き直すとしたら、どれくらい時間がかかる？」

奥村の質問に及川が思案《しあん》げな面持ちで答える。

「フル回転で十日……かな」

「それじゃあ間に合わない。……となるとラボに出すしかないか」

苦渋《くじゅう》の選択には入間が首を横に振った。

「やっぱ手焼きじゃないと微妙な濃淡が出ねぇし、迫力にも欠ける」

「だが現実的に半分はラボに出さないと一週間後の開催は無理だ」

「どのみちラボに出すなら、いっそのこともものすごく大きく引き伸ばす手はある」

それまで黙っていた鳴沢の提案に、入間が顔を上げた。

「ものすごく大きく？」

「インクジェットで出力するんだ。ロール紙を使うから、全紙を超えたサイズで写真を引き伸ばすことができる」

「クオリティは問題ないか？」

「何度か実物を見たけどかなりクオリティ高いよ。特にカラーの再現力はなかなかのものだと思う」

顎を爪先《つめさき》でカリカリ引っ搔きながら、入間が鼻の頭に皺を寄せる。

「カラーのみ数点、そのインクジェットを使うのも手か。……プリントのロールを天井から垂《た》らして会場のディスプレイとして利用するってのも、おもしろいかもしれねぇな」

「ああ、それはいいね。なんなら今すぐプリンターのメーカーに掛け合うけれど。広報に親しくしている人間がいるから」

「わかった。頼む」

入間の決断を受けて、鳴沢が立ち上がった。

「今から行って直接交渉してみる。話がまとまり次第連絡するよ」

『急なお願いにも拘《かか》わらず、入間亘氏の個展ならぜひ協力したいと先方が言ってくれました』

一時間後、鳴沢から連絡が入った。

「そうですか。……よかったです。助かります」

心からの安堵《あんど》の声が落ちる。

『ぼくのほうは、これからディスプレイ担当者と会場の変更に伴う打ち合わせをしますので』

「すみません。よろしくお願いします。ありがとうございました」

電話を切って振り向くと、吉報を察したらしい入間が、及川の肩をこづいた。

「そうと決まったら早速ネガを選ぶぞ」

連絡待ちの間に入間が自宅から取ってきたネガフィルムをライトテーブルに並べ、三人で引き伸ばすカラーを選んだ。選んだフィルムを持って及川がプリンターのメーカーに走る。

ふたりだけになった事務所で、奥村は入間につぶやいた。

「鳴沢くんのおかげで助かったな」

マルボロを銜えた入間が肩を竦める。

「あいつは昔っから頭が切れるからな。あいつの死んだ親父《おやじ》がカメラマンだったこともあって、写真もヘタすりゃ俺より詳しい。俺が写真を始めたのも、もとはと言えばあいつの影響だったしな」

その言葉を聞きながら、ピンとくるものがあった。

「ひょっとして……あれ、か？」

「ん？」

「前に言ってた……おまえの初恋の相手というのは……鳴沢くん？」

入間がめずらしく照れくさそうに目を細める。

「ま、こっぴどく振られたけどな」

「…………」

肯定に、奥村は小さく息を呑んだ。

なんで今まで気がつかなかったのだろう。明らかに彼だけ特別だったじゃないか。それに、改めて鑑《かんが》みれば、自分と鳴沢はどことなく外見のタイプが似ている。

（……そうか。自分はあの男の身代わりか）

ただでさえ地盤沈下していた気分が、さらにずぶずぶと沈むのを感じた。墜《お》ちるところまで墜ちてしまいそうなのを必死に耐える。かろうじて思考を切り替えた奥村は、できうる限りに平静な声音を喉の奥から捻り出した。

「どうする？　警察に届け出るか？」

「いや……警察はいい」

入間が首を横に振る。

「あんたに関わりのあることなんだろ？」

昨夜の盗聴器の件を顧《かえり》みて、どうやら今日の件も奥村絡みだと推測したらしかった。はっきりとすべてを語ったわけではないが、これまでの言動の端々《はしばし》から、入間は奥村の過去を薄々《うすうす》察している。だからこそ、警察を呼べば奥村にとっても面倒なことになるのではないかと憂慮《ゆうりょ》しているのだろう。

「その代わり、俺には話してくれ。盗聴の件も含めて包み隠さず何もかも全部。……一体何があった？」

自分を見つめる真剣な眼差しから、奥村は顔を背けた。

氷川の件を話せば入間を巻き込むことになる。氷川が執着しているのは自分だ。自分さえいなくなれば、入間に被害が及ぶことはない。

「…………」

頑なな沈黙に苛立つように、入間が声を荒げた。

「靫也！」

「おまえには関係ない」

先日と同じ拒絶の言葉をふたたび投げつける。すると、入間の顔が傷ついたように歪み、手を差し伸べてきた。

「靫也」

その手をバシッと打ち払う。そのままくるりと身を返した奥村は、足早に事務所を出た。

階段を一気に駆け下り、エントランスロビーから外へ飛び出した奥村は、まだ陽《ひ》の高い骨董通りをぐるりと見回した。ほどなく、反対車線の路肩に停車中の黒塗りのベンツを見つける。

決意を胸に車道を横切り、ベンツへと歩み寄った。

奥村が足を止めると、まるでそれを待っていたかのようなタイミングで後部座席のリアウインドウが下がり、総革のシートに背中を預けた男が現れる。

「いつから宗旨《しゅうし》替えした？　男は嫌いなんじゃなかったのか？」

前方に視線を据えた氷川の横顔を睨みつけ、奥村は低く答えた。

「俺はノーマルだ」

「ならば、あのカメラマンはなんだ？」

「答える義務はない」

氷川がゆっくりと首を捻り、こちらを見た。底光りする昏い双眸で、奥村の顔をじっと見つめる。

「素直になったほうがいいぞ。大事な仲間を傷つけたくなかったらな」

低音の恫喝に眉をひそめ、奥村は「わかった」と言った。

「おまえのところへ行く。ただし一週間だけ猶予《ゆうよ》をくれ」

「……個展の初日までということか」

入間の個展の日取りを含め、奥村に関わるすべてを把握しているのだと暗にほのめかす氷川に、不快な気分を堪えてうなずく。

「その間に消えることはないだろうな？」

「逃げはしない。個展が無事に開催されれば、そのあとは必ずおまえのところへ行く」

「たしかだな？」

再度確認され、奥村は挑《いど》むように告げた。

「逃げない」

「わかった。その言葉を信じよう」

氷川がうっそりと薄い唇の口角《こうかく》を持ち上げる。

「では来週の金曜、正午ちょうどに迎えに行く」

その言葉を最後にリアウィンドウが静かに閉じた。

4

それから個展の初日まで、奥村《おくむら》は目まぐるしい日々を過ごした。

日常業務の合間を縫っては暗室に籠った及川《おいかわ》を手伝い、時に鳴沢《なるさわ》のフォローに走る。会場のディスプレイ設置が始まってからは、現場につきっきりで様々なアクシデントの対応に追われた。

約束どおり、氷川《ひかわ》からの嫌がらせ攻勢はぴたりと止《や》んだが、入間《いるま》はあれ以来ずっと機嫌が悪い。

巨軀からピリピリオーラを発する入間に、「ずっと機嫌悪いですよね。個展前でテンパッてんのかなぁ」と及川が嘆《なげ》いていたが、個展レベルで平常心を失う男じゃない。普段は無駄にアドレナリンの放出量が多いが、いざ本番となるとクールダウンするタイプなのだ。

おそらくピリピリの原因は、奥村の「おまえには関係ない」発言だろう。

しかし、一度こうと決めたらちょっとやそっとじゃ譲らない奥村の性格を知ってか、無理に聞き出そうとはしてこない。

入間のマンションに泊まった翌日の夜、「自宅に戻る」と告げた時も、「そうか」と無表情にうなずくだけで引き止めなかった。聞き分けがいいのは納得したからではなく、入間なりに覚悟を決めたせいらしい。

どうやら、奥村から自主的に話し出すのを待つつもりのようだ。

何より『待ち』が嫌いな男にとって、非常にめずらしいことだった。

そしてついにやってきた個展初日。

恵比寿《えびす》にあるイベントホールの前には、十一時の開場を待つ客が長蛇の列を為《な》していた。

顔見知りのホールスタッフが、やや興奮した面持《おもも》ちで話しかけてくる。

「大盛況ですね」

行列客のお目当ては、入間とハーヴェイのトークセッションだろう。三百人分の席を用意したが、このぶんでは足りなくなりそうだ。嬉しい誤算に口許が緩《ゆる》みかけるのを堪え、奥村は最後の点検のために会場内を回った。

当日の明け方にようやく完成を見た会場ディスプレイは、余分な装飾を排した至ってシンプルな構成が、入間の写真の魅力を最大限に引き出している。

及川のがんばりのおかげで、手焼きプリントもどうにか間に合った。鳴沢の機転で急遽《きゅうきょ》決まったインクジェット出力も、いい意味でのアクセントになっている。

開場と同時に流れ込んできた一般客に紛れて、もう一度展示を観《み》て回った奥村は、出口付近で足を止め、ゆっくりと背後を振り返った。

この半年間の集大成とも言える会場の様子を目に焼きつける。

自分が出来ることはすべてやった。もう思い残すことはない。

この他に自分にやれることがあるとすれば、これ以上のとばっちりが入間に及ぶ前にここを立ち去ることだけだ。

一週間前、事務所荒らしがあった日から秘めていた決意をふたたび胸に還《かえ》し、踵《きびす》を返す。

入間とは、今朝はまだ一度も顔を合わせていなかった。最後にひと目……とも思ったが、顔を見れば決意が鈍りそうな気もした。

結局、誰とも言葉を交《か》わさぬまま、そっと会場を抜け出そうとした奥村は、タイミング悪く通用口で鳴沢と鉢合《はちあ》わせしてしまった。

「奥村さん、ちょうどよかった。今探していたところだったんです。トークセッション、そろそろ始まりますよね？　よろしければ一緒に聴きませんか？」

とっさに上手い断りの理由が思い浮かばない奥村を、鳴沢が邪気のない笑顔で「行きましょう」と誘《いざな》う。歩き出してしまった鳴沢と仕方なく肩を並べ、困惑のままに今来た道を引き返すと、会場はすでにぎゅうぎゅう詰めで立ち見客も出始めていた。

「うわ……満員御礼《まんいんおんれい》ですね。我々も立ち見しましょう。あ、あそこがいいかな」

取材クルーやテレビ局のスタッフが多く立ち並ぶステージ正面のスペースまで、ふたりで人の波を掻《か》き分けた。出入口の位置を確かめてから、奥村は腕時計に視線を走らせる。約束の時間まで二十五分ほどだ。

（途中で適当な理由をつけて抜け出そう）

心の中でこっそり思い決めると同時に、わっと歓声があがった。背後からフラッシュがパシッ、パシッと光る。おびただしい閃光の中、舞台の袖《そで》から入間がステージに登場した。反対側からはでっぷりとした体型の白髪の老人も現れ、中央で握手をかわす。ふたりはステージ中央に並んだスツールにそれぞれ腰掛けた。

「入間さーん」

最前列に陣取るファンらしい女の子から黄色い声援が飛ぶ。

今日の入間は、「年配者に敬意を示すためにもきちんとした格好をしろ」という奥村の言いつけを守り、恵まれた体軀《たいく》をダークスーツに包んでいた。いかがわしいサングラスを外し、髭もきちんと剃《そ》っているせいか、かなり舞台映《ば》えして見える。

長い脚を無造作《むぞうさ》に組んだ長身は、アメリカ写真界の重鎮《じゅうちん》と並んでもまるで見劣りせず、むしろある種の風格すら漂わせていた。

（最後に見る姿が『よそゆき』っていうのも、いいのか悪いのか……）

「いまや若手を代表する気鋭の写真家・入間亘《わたる》氏をホストに、アメリカ写真界の重鎮ハーヴェイ・ウォーカー氏をゲストに迎えての、日米夢の対談です。では早速おふたりに、写真に対する熱い想いを語っていただきましょう」

司会者の仕切りで対談が始まった。

『あなたの写真はアメリカでも評価が高い。何か心に決めているテーマはありますか？』

『特にテーマは決めていません。こういったものを撮らなければならないと自分を縛り付けた瞬間に、人は自由を失い、写真もまた力を失うと俺は思っている』

ハーヴェイの質問に流暢《りゅうちょう》な英語で入間が答え、それぞれの後ろに控えた通訳が、マイクを通して会場の観客に日本語訳を伝える。

『あなたにとって写真とはなんですか』

『写真を撮るってことは、その風景や人や物が発する「気」みたいなものを写《うつ》し取る行為だと思っている。優れたフォトグラファーは、肉眼には見えない「何か」をキャッチしてフィルムに焼きつける。その「何か」を察知できないやつは、どんなにテクニックがあってもロクな写真は撮れない』

『これは手厳しい。ではあなたはご自分を、その希有《けう》な才能に恵まれた存在だと？』

『あたりまえだ。そうでなければ今ここにはいない』

御年七十歳の大先輩を前にして、入間は堂々と言い切った。わずかに眉をひそめたその顔には、微塵《みじん》の迷いもない。とてつもなく傲慢《ごうまん》で自信過剰な台詞だが、入間が発すると妙な説得力を持つから不思議だった。

何者にも怯《ひる》まず、自分の力を純粋に迷いなく信じる——こういうところが、この男の凄《すご》さなのかもしれない。

「入間らしいですよね。相手が誰であろうが、あくまでマイペース。すっかりハーヴェイが聞き手に回ってる」

鳴沢が小声で囁《ささや》いてきた。

「自分がホストだってことをすっかり忘れてますね。まったく、なんのためにレジュメを作って渡したのかわかりゃしない」

ひそめた声で同意しつつ、傍らの男を横目で見る。

優美なラインを描く額。細い鼻梁。長いまつげ。本当に整った顔をしている。

奥村の目から見ても美しい横顔を眺めているうちに、ここしばらく胸の中に燻《くすぶ》ってた疑問が急激に喉許まで迫《せ》り上がってきた。

「鳴沢さん」

呼びかけに顔を傾けた鳴沢と目が合った瞬間、不躾《ぶしつけ》な問いが口をついた。

「どうして……入間を振ったんですか」

唐突な質問に面食らったように、鳴沢の薄茶色の双眸が見開かれる。奥村の真剣な表情を数秒見返したあとで、鳴沢がふっと小さく微笑《ほほえ》んだ。

「ぼくに、好きな相手がいたんです」

幸せそうなその笑みを眩《まぶ》しく見返す。結婚指輪はしていないようだが、そうか……心に決めた相手がいるのか。

「入間のことは友人として好きですが、恋愛対象には考えられない」

それは当然で、同性を恋愛対象としては見られないのが普通だ。どうして振ったのか、などと訊くほうがそもそも間違っている。

「……でも、あいつはまだあなたに未練があるようだ」

「奥村さん？」

視線を壇上の入間に戻した奥村は、自嘲《じちょう》気味につぶやいた。

「私のあとを追い回すのも、私とあなたを重ね合わせてのことで」

「本気でそう思っているんですか？」

思いがけなく厳しい口調《くちょう》で問われ、ふたたび鳴沢を顧みる。

「入間は不器用な男だ。そんな器用な芸当はできませんよ。長くあの男とつき合ってきましたが、恋愛にのめり込むやつじゃない。あいつにとっては常に写真が一番です。その入間が、あなたを写真と同列に置いている」

鳴沢の口調は揺るぎなかった。

「同列……に？」

「そう。あいつにとって、あなたは写真と同じくらいに大切な…」

ブブブブッ。

奥村の胸が細かく振動した。シャツの胸ポケットから引き出した携帯の液晶画面のデジタル表示は十二時ジャスト。約束の時間ぴったりだ。

「失礼」

鳴沢に断りを入れて通話ボタンを押し、耳に当てる。

『気が済んだか？』

やはり氷川だった。

『正面玄関に車を回すぞ』

「わかった。――今行く」

低く返して携帯を胸にしまい、少し心配そうな顔つきでこちらを窺《うかが》っている鳴沢に告げる。

「すみません。急用ができてしまったので、私はここで失礼します」

「え？」

虚《きょ》を衝《つ》かれた表情に深く頭を下げた。

「鳴沢さん、入間をよろしくお願いします。あと、及川くんにもよろしくお伝えください。

あなたにもいろいろお世話になりました。ありがとうございました」

「って、奥村さん？」

静まり返っていた会場に鳴沢の声が響き、壇上の入間がハッとこちらを見る。

「……………っ」

榛色の瞳と目が合った刹那《せつな》、奥村はくるっと背を向けた。

（くそ。とことん間が悪い）

ほんの一瞬だったが、入間の驚愕《きょうがく》の表情は脳裏に焼きついている。その映像を振り切るように、「すみません」と人と人の間を掻き分けた時だった。

「待てよ、おい！」

いきなりマイクを通した声で呼び止められ、びくっと身が竦む。会場中の視線が自分に集まっているのを感じ、脇の下に嫌な汗がじわっと滲《にじ》んだ。

自分に向けられたたくさんの視線のさらに後方から、ひときわ強い視線を感じる。

眉を吊《つ》り上げ、目を剝《む》いた、すごい形相《ぎょうそう》の入間が、スツールを降りようとしているのを見て、全身がカッと熱くなる。

（馬鹿！）

何を考えてるんだ。テレビカメラも入っているんだぞ。

だが、入間の頭からそんなことはすっかり飛んでしまっているらしい。

壇上の一番手前まで来て仁王立《におうだ》ち、完全にマイクを私物化して、ドスのきいた低音を放つ。

「俺のステージをほったらかしてどこへ行く気だ？」

「いいからおまえは仕事をしろ！」

怒鳴り返すなり、奥村はざわめく人垣に分け入った。そのまま出口を擦《す》り抜け、廊下からホールの正面玄関まで駆け抜ける。

自動ドアから外へ飛び出すと、黒塗りのベンツがエントランスに横づけされていた。後部座席に乗り込み、シートに背を預けて大きく息を吐く。

「感心だ。約束を守って逃げなかったな」

傍らで、氷川が満足そうな笑みを浮かべた。

その酷薄《こくはく》そうな横顔を睨《にら》んで告げる。

「昔から、敵前逃亡だけはしたことがないぜ」

（たった今……入間からは逃げ出したがな）

仄暗い自嘲《じちょう》を浮かべた時だった。

「靫也《ゆきや》っ！」

ここにあってはならない音声を聴覚が捉《とら》え、反射的に振り返る。

「どこだ、靫也っ」

窓ガラス越しに、ホールの玄関先に立つ長身のスーツ姿を認め、奥村は息を呑んだ。

「入間⁉」

険しい顔つきで周囲を見回していた男が、ベンツに気づき、こちらに向かってくる。その突進を見て取るや、奥村は身を乗り出すようにして運転手に叫んだ。

「出してくれ！」

「いいのか？」

氷川の鷹揚《おうよう》な確認は取り合わず、さらに怒鳴りつける。

「いいから出せ！」

音もなく走り出すベンツの脇腹に入間が飛びついてきた。スーツの裾をなびかせ、車と並走して窓をどんどんと拳《こぶし》で打つ。

「靫也！　逃げんのかっ」

初めて見るような必死の形相で叫ぶ。

「靫也！」

自分の名を連呼する男と目を合わさぬよう、奥村はきつく正面を見据えた。

「だから慣れねぇことはするもんじゃねえ！　おとなしく待ってたらこのザマだ畜生！」

「…………」

両手の拳をぐっと握り締めて堪えていると、車のスピードに振り切られた入間の手が窓から離れる。

「較也！　どこまで逃げたって地球の果てまで追っていくからな！」

怒鳴り声が徐々に遠ざかり――。

「覚悟しとけっ」

遥か後方での叫びを最後に、車内はふたたび静寂《せいじゃく》を取り戻した。

「情熱的な男だな。本当にいいのか？」

背後にちらっと目線を走らせ、氷川が嘲笑を含んだ問いを投げてくる。

「……いいんだ」

低くつぶやき、奥村は静かに目を閉じた。

今回の件で、完全には過去と決別できていない自分を思い知った。自分では裏社会から足を洗ったつもりだったが、そう甘いものでもなかったらしい。

自分の存在はあいつのためにならない。写真家として、これからどんどんステップアップしていくであろう男には、自分はそぐわない。

「だから……これでいい」

5

国道を休憩も取らずに走ること二時間強、氷川のベンツで運ばれた先は、人里離れた山中の一軒家だった。

流れる景色や標識から察するに、どうやら奥多摩《おくたま》近辺らしい。

黒土の混じる砂利道に下り立った奥村は、ひんやり冷たい山の空気に小さく身震いした。

都心の中央部と比べれば、明らかに五度は気温が低い。鬱蒼《うっそう》と繁る樹木の根元や下生えの草叢《くさむら》には、まだうっすらと雪が残っていた。

「こっちだ」

氷川と運転手に誘導され、横木を嵌めただけの階段を上がり、別荘のような建物の前まで辿《たど》り着く。林立する杉に囲まれた木造の一軒家だ。氷川の隠れ家のひとつだろうか。

ロッジ風の造りの天井の高い室内に足を踏み入れるとすぐ、出迎えの男がふたり、奥村の前に立ちはだかる。背後には運転手をしていた男が立った。

三人に取り囲まれる形になった奥村は、ひとりだけ離れた位置に佇む氷川を睨んだ。

「どういうことだ？」

氷川がスーツの肩を竦める。

「おまえがあっさり俺たちの仲間になると思うほど俺も甘くはない。おまえのことだ。従順な振りをしてこちらを油断させ、隙をついて逃げ出す心づもりだろう」

「………」

さすがにつきあいが古いだけあって、こちらの本質を知り尽くしている。

「悪いが、しばらく身柄を拘束させてもらう」

氷川の言葉を合図に、前方に立つ男のひとりが、ジャラリと音を立てて腰から手錠《てじょう》を取り出した。

「手を前に出せ」

男の指示に仕方なく両手を前へ突き出す。冷たい金属が手首に触れ、カチッと輪っかがはまった。手錠をした状態で促《うなが》され、殺風景な部屋に押し込まれる。

六畳ほどの空間に、鉄格子付きのはめ込み窓がひとつ、ドアがひとつある以外は、椅子もベッドもない独房のような部屋だ。

「安心しろ。食事は三度きちんと運ぶ。トイレは奥のドアがそうだ。暖房はないが、毛布は必要なだけ渡す」

まさに刑務所の監視官のごとく無表情に淡々と告げる氷川に、奥村はさりげなく尋《たず》ねた。

「俺は毎日湯船に浸《つ》からないと熟睡できないんだが、どうやら風呂はないようだな。一体どのくらい監禁されるんだ？」

「三日の辛抱《しんぼう》だ」

「三日？」

顔をしかめる奥村の前で、氷川は薄笑いを浮かべた。

「三日後にカムチャッカ行きの船が出る。そこからは陸路だ。モスクワに到着して仲間に会えば、おまえの気も変わるさ。俺の屋敷の風呂は総大理石だ。気に入るようなら、おまえのためにもうひとつ作ってもいいぞ」


殺風景な六畳間に監禁されて一日半が過ぎた。

その間、奥村は床に座り込み、ほとんど身動きをせずに過ごした。

手錠を施《ほどこ》してもまだ信用が置けないのか、室内には見事に『物』がない。備品として渡されているのは毛布だけで、初日に見張りの目を盗んで床を隈《くま》なくさらってみたが、ピン一本落ちていなかった。トイレの中も同様。もちろん奥村の持ち物は、携帯、財布、その他、洗いざらい取り上げられていた。ネクタイまで没収という念の入れようだ。

ドアは外から鍵がかかっている。これも、奥村の鍵師としての腕を警戒してのことだろう。都内へ戻ったのか、その後氷川は顔を見せず、留守番兼見張り要員としてチンピラがふたり残っている。約束どおり、食事はきちんと三度運ばれてきたが、奥村は口をつけなかった。

あれから一日半。

あのあとトークセッションはどうなったんだろう。再開したんだろうか。

脳裏に浮かぶのは、最後に見た入間の必死の形相。怒りに燃えた双眸《そうぼう》。

(入間……どうしてる?)

——逃げんのかっ。

絶叫が残響のように頭に残って、なかなか離れない。

そうだ。

俺は、逃げた。おまえから。いろいろな理由をこじつけて。

……恐《こわ》かったんだ。

おまえのペースに巻き込まれ、振り回されて、自分が自分じゃなくなる感覚が恐かった。

三十二年間、ひとりで生きてきた。だから——傍《かたわ》らに誰かがいることに慣れ、寄りかかれる存在を当たり前と思ってしまうのが……恐い。慣れていないから、怖い。慣れてしまってから失うのは、もっと怖い。

臆病な自分を認めてしまうと、臓腑《ぞうふ》が捻れるみたいに重苦しくなる。

（何をいまさら……）

これでよかったんだ。

自分の存在は、あいつのためにならない。だから――これで。


監禁二日目の昼過ぎ。

ガチャッと錠《じょう》を外す音が聞こえ、スキンヘッドの若い男が部屋に入ってくる。

男は手つかずのトレイを見るなり、「またかよ」と吐き捨てた。もの言いたげな顔つきで、自堕落《じだらく》に壁に寄りかかる奥村を見下ろす。

「……食わねぇの？」

まだ二十歳《はたち》そこそこのチンピラを、奥村は物憂《ものう》げな目つきで見やった。切れ長の流し目と目が合った瞬間、男がごくりと唾《つば》を呑み込む。

「あ、あんた、ずっとメシ食ってないじゃん。あんたが食わないと俺が叱《しか》られんだよ」

奥村は手錠のかかった両手を気怠《けだる》く持ち上げ、かすれ声で囁いた。

「この状態で、どうやって食えと？」

「あっ」

男がみるみる目を見開く。

「ごめん……でも、あんたが何も言わないから」

「気にするな。おまえのせいじゃない」

動揺するチンピラに微笑みかけると、ニキビ痕《あと》の残る幼い顔がたちまち真っ赤になった。

その目をじっと見つめて囁く。

「……食わせてくれないか」

「え？　お、俺が？」

「ああ」

どぎまぎした表情の男が近づいてきて、奥村の前で片膝をつき、トレイを床に置いた。

「な、何からいく？」

「そうだな。——シチューからにしようか」

男はうなずき、スープ皿の中のクリームシチューをスプーンで掬《すく》って奥村の口まで運んだ。

奥村の唇が薄く開き、赤い舌でスプーンを舐《な》める様を、熱っぽい視線が食い入るように見つめる。

「あ……零《こぼ》れ……」

唇の端からひと筋を零したまま、奥村は上目遣《うわめづか》いに男にねだった。

「拭《ふ》いてくれ」

震える手が紙ナプキンを摑み、口許を拭《ぬぐ》う。

汚れを拭き取ったあとも、男の手は奥村の顔から離れなかった。はだけたシャツの胸許にちらっと目をやり、ごくっと大きく喉を鳴らしてから、ナプキンを捨てて直《じか》に触れてくる。

おそるおそるといった手つきで、奥村の顎のラインを辿りながらつぶやいた。

「初めて見た時もすげーって驚いたけど、マジであんた……きれいだ。あのクールな氷川さんが特別に執着するのもわかる気がするよ」

上擦った声で囁かれ、奥村は腹の中で眉根を寄せる。まるで氷川の情人のような言われようだ。欲しいのは片腕だったんじゃないのか？

「なんで……男のくせにこんなに色っぽいんだよ」

男が眩しそうに目を瞬《また》かせ、熱い息を吹きかけてくる。

「な、なぁ、男同士のエッチって気持ちいいの？　あんたみてーな人が相手ならすげーいいんだろうな。氷川さんが羨ましいよ」

「…………」

いずれにせよ、氷川の情人と思われているのなら、却って都合がいい。

「試してみるか？」

奥村の誘いに男の目がぎらっと光った——かと思うと出し抜けに襲いかかってくる。体重をかけてのし掛かってきた男に、背中をきつく床板に押しつけられた奥村は、薄く笑った。

「そうがっつくなよ。乱暴な男だな」

嘲笑に煽《あお》られた男が首筋にむしゃぶりついてくる。

柔肌に吸いつく唇の感触に柳眉をひそめつつ、奥村は手錠のかかった両手をゆっくりと持ち上げた。男の首の後ろまできたところで、今度はじわじわと引き寄せる。男は行為に夢中で、自らの身に迫る危機にまるで気がついていない。

（よしよし、いい子だ。そのまま気がつくなよ）

鎖の部分で男の首を締めかけた――刹那。

突然バンッと大きな音を立ててドアが開いた。大股で室内に踏み込んできた氷川が、奥村に覆《おお》い被《かぶ》さっていたチンピラの首根っ子をむんずと摑む。宙吊りになった男が「ひぃっ」と悲鳴をあげた。

「見え透いた色仕掛けに引っかかりやがって、この馬鹿が！」

罵声《ばせい》に身を縮めるチンピラをドアの外へ蹴り出し、ふたたびバシッと扉を閉める。

（ちっ……あとひと息だったのに……）

舌を打ちながら上体を起こす奥村を、氷川が昏い目で睨みつけてきた。

「あれはまだ子供だ。たらし込むのはやめてもらおうか」

「さぁてな。ロシアに連れていったら、あんたの舎弟《しゃてい》を片っ端から食っちまうかもしれないぜ？」

乱れた黒髪を掻き上げ、挑発的な表情で奥村は嘯《うそぶ》く。

「わかっただろ？　俺はもう男ナシじゃいられない体なんだ。独り寝が三日も続くなんて耐えられな……」

氷川がつかつかと距離を詰めてきて、床に片脚を投げ出した奥村のすぐ手前で足を止めた。長身を折り曲げ、息のかかる至近距離から底光りする半眼で見据えてくる。

「なら……俺が満足させてやる」

低い宣言と同時にシャツの襟を掴まれ、ぐいっと引き寄せられた。いきなり唇を奪われる。

「んっ……む、ぅ」

衝撃に目を見開き、必死に身を捩って逃《のが》れようとしたが、両手の自由がきかない状態ではそれもままならない。

こいつ、本気か？

十年前もただならぬ執着心は感じていたが、さすがに手までは出してこなかった。だからさっきのチンピラの情人扱いも半信半疑だったが……。

（苦しっ……）

唇を覆いながら氷川が奥村の首をぎりぎりと締め上げてきて、息苦しさのあまりに思わず開いた口の中に、生あたたかい舌がぬるっと入り込んできた。

濡れた舌で口腔内をいいように蹂躙《じゅうりん》される気色悪さに、むかむかと吐き気が込み上げてくる。

ようやく唇が離れ、呼吸ができたのも束の間、今度はどんっと肩を突き飛ばされた。そのまま床に押し倒され、首筋に噛《か》みつかれる。シャツの胸許を荒々しく剝《む》かれて、ぞっとするほど冷たい手が素肌を這《は》う。

「氷川……よせっ」

唯一自由のきく足をばたつかせたとたん、びしっと頰を張られた。

「……っ……」

口の中にじんわり鉄の味が広がる。

「ずっと……こうしたかった。靫也。おまえを……俺のものに……」

長く抑えていた本性を剝《む》き出《だ》しにして、髪をきつく摑み、じっと見下ろしてくる――その蛇のような細い目にぞくっと怖気《おぞけ》が走る。

……本気だ。本気でこの男は自分を犯《や》るつもりなのだ。

氷川を本気にさせてしまった自分に、ひやっと背中が冷たくなる。

たしかに男は初めてじゃない。――が、入間以外の男とやるのは御免だ。入間は……あいつは、特別なのだ。こいつになら組み敷かれても仕方がないと思える唯一の男だから。

(でも、おまえは嫌だ。おまえに突っ込まれるくらいなら舌を嚙む！)

目の前の氷川を睨みつけ、手錠のはまった両手をぎゅっときつく握り締めた時だった。

「氷川さん！」

扉の向こうから野太い声が聞こえ、ガチャッとドアが開く。部屋に入ってきたのは、顎髭をたくわえた大柄な男。馬乗りになっていた奥村から身を起こした氷川が、不機嫌な顔で振り返った。

「なんだ？」

「怪しい男が周りをうろうろしてたんで、引っ捕まえてきました」

「怪しい男？」

背中をこづかれ、前に押し出されてきたその『怪しい男』に、奥村は目を瞠《みは》った。

どこかで見たような革のブルゾンに、これまた見覚えのあるカモフラージュ柄のカーゴパンツ。さすがに足許はサンダルではなくごついワークブーツだったが。

「入……間？」

「迎えに来たぜ、ベイビー」

後ろ手に拘束された入間が、自分の置かれた危機的状況も顧《かえり》みず、肉感的な唇をにっと横に引いた。

「言っただろ？　地の果てまで追いかけるってな」

6

「だからって捕まってちゃ意味ないだろうが」

独房の壁に寄りかかった奥村が、正面の壁を睨んで文句を垂れた。

「とりあえず様子を探るつもりが、駐車場で見張りとばったり鉢合わせしちまってな」

その横にやはり並んで座った入間が、ひょうひょうと言い返す。

――この男の処分は追って考える。とりあえず一緒に閉じ込めておけ。

氷川の命令で、入間もまた六畳間に囚《とら》われの身となったのは五分ほど前。そのあとすぐに、窓の外から車のエンジン音が聞こえてきた。どうやら、またしても氷川は車で出かけたようだ。

「ここをどうやって見つけ出した？」

いまだにここにいるのが不思議な男を横目で見やり、奥村はまず、一番訊きたかった疑問を口にした。

忠犬よろしくここまで自分を追ってきたが、改めて考えると簡単なことじゃない。

「黒塗りベンツのナンバーから辿って、あの氷川って男に行きついた。知り合いの興信所を使って、さらに一日がかりであいつ名義の物件を割り出した。そのうちのひとつがここだったんだが、一軒目で当たりを引くとはラッキーだったな」

返ってきた答えに内心で舌を巻く。本当に犬並みの嗅覚《きゅうかく》だ。

「調べりゃ氷川がヤクザだってことはわかっただろう？ そんな危険人物のアジトに単身乗り込んで、自分の身が危ないとは思わなかったのか？」

その行動力に感心しつつも無鉄砲さに腹が立ち、厳しい口調で問いつめる。だが、向こう見ずな男はまるで悪びれなかった。

「危ないからって青山《あおやま》でヤキモキしてたってあんたは帰ってこないだろ？ だったら迎えに行くしかないじゃねーか」

単純明解な答えに、奥村は少しばかり気が遠くなった。

あの突発的な状況でしっかりベンツのナンバーを押さえ、奥村の居所を探し出すあたり、冷静かつクレバーに思えるが、そこからいきなり単身殴り込みという暴挙に出るのは――理解の範疇《はんちゅう》を超える。……わからない。こいつの思考回路が。

手錠の嵌《は》まった不自由な手で頭を抱えていると、入間が不満げな声を出した。

「そもそもは、あんたが俺から逃げるのが悪い。おかげで俺の晴れ舞台はめちゃくちゃだぜ？」

ここへ来てからもずっと気にかかっていた話題を振られ、奥村は両手を下げて顔を傾ける。

「あれから……トークセッションは？」

「俺が途中でハーヴェイをほっぽり出してあんたを追いかけたもんだから、じいさん怒ってな。馬鹿にしてるだのなんだの、そりゃもーすごい剣幕でさ」

それは至極もっともな怒りだろう。

「一時はごねて大変だったが、鳴沢の取り成しでなんとか再開にこぎつけた。もっとも俺はトークどころの騒ぎじゃねぇから、ほとんど上《うわ》の空《そら》で、ジジイの自慢話なんざ聞いちゃいなかったけどな」

「……そうか」

ことの顚末《てんまつ》を聞き終えた奥村は、苦いため息を吐いた。自分のせいで、せっかくのトークセッションが台無しになってしまったのかと思うと胸が痛む。

「すまなかった」

奥村がこうべを垂れて謝ると、後ろ手に手錠をかけられている入間が、少し窮屈そうに肩を持ち上げた。

「気にすんな。巨匠だかなんだか知らねぇが、半分棺桶に足突っ込んでるようなジジイと語り合ったところで、クソの足しにもなりゃしねえ」

ハーヴェイが聞いたら憤死しそうな傲慢《ごうまん》を吐いたあと、入間がふと声の調子を変えた。

「そんなことより、俺のほうも訊きたいことがある」

体の向きを変え、奥村の顔を覗《のぞ》き込むようにして尋ねてくる。

「あの氷川って男とあんたはどういった関係なんだ？」

自分を見つめる薄茶の双眸を、奥村は黙って見返した。ややして口を開く。

「氷川は……俺が荒れていた時代の昔なじみだ。もともとは新宿のヤクザ組織の下っ端だったが、十年前にロシアに渡って、向こうの裏社会でそこそこの組織を築いたらしい。十年ぶりに突然現れたかと思ったら、『俺の片腕になれ』と言ってきた。もちろん断ったが」

「それで盗聴器の嫌がらせか」

入間が吐き捨てた。

「事務所を荒らしてプリントを駄目にしたのも氷川の手下だ」

「なるほどな。誘いに乗らないと周りの人間に危害を加えるぞと、暗《あん》に脅しをかけてきたわけだ」

「……そういうことだ」

「それが、俺から逃げた理由か？」

問いかける瞳から、奥村はわずかに視線を逸らした。

「今回のことでおまえにもよくわかっただろう？　俺はもともとダークサイドの人間だ。自分では断ち切ったつもりでいたが……そう簡単には過去のしがらみは消えない」

苦渋《くじゅう》に満ちた奥村の述懐を、しかし入間はあっさりと覆《くつがえ》す。

「過去がなんだよ？　んなの、どーでもいい」

「………………」

「男が三十年も生きてりゃ汚点のひとつやふたつあって当然だろ？　俺だってヤバイ過去の三つ四つあるぜ？」

いばるな——と心中で突っ込みながら、奥村はゆっくりと首を横に振った。

「俺を側に置いても、おまえにとってマイナスになりこそすれプラスにはならない」

「プラスもマイナスも過去も関係ねえ。俺は今のあんたに惚《ほ》れてて、本当は一秒だって離れてたくねーし、これから先もずっと一緒に生きていきたい」

三十男の台詞とも思えないまっすぐな言葉に、胸の奥からじわじわと何かが染み出してくる。すぐに胸の中をいっぱいに占領した、甘いような切ないようなその感情を持て余し、奥村は上目遣いに入間を睨《にら》んだ。

「……身代わりのくせに」

「あ？」

「鳴沢の代わりだろ？　俺は」

「はぁ？」

すっとんきょうな声を出した入間が、

「なんだそりゃあ!?」

天を仰いでさらに絶叫してから、奥村に視線を戻す。

「たしかに昔、鳴沢に惚れていた。けどもう十五年も前にこっぴどく振られている」

「…………」

「あいつがいなかったら写真との出会いもなかったという意味で、鳴沢は俺にとって特別な存在だ。ただし、あくまでも友人としてだ。大体、未練があったらあいつの男《イロ》を側に置くかよ？」

「あいつの……男？」

今度は奥村が訝しげに繰り返した。

「気づいてなかったのか？　悦郎だよ、鳴沢の相手は。あのふたりは、もう何年も一緒に暮らしている」

「及川くんが？」

（じゃあ、鳴沢が言っていた『好きな相手』というのは……及川だったのか！）

完全に虚を衝かれた奥村の眼裏に、いつぞや仲良く帰路についたふたりの姿が蘇《よみがえ》ってくる。

あの時、やけに及川が嬉しそうだとは思ったが……。

「そうか……そうだったのか」

思わず気の抜けた声が零れ落ちた。

「そうだったんだよ」

その声で視線を戻すと、入間のにやにや笑いにぶつかる。

「……なんだその顔は？」

「いやー、鳴沢に妬《や》いたりして、なんだかんだ言ってあんたも俺に惚れてんじゃねーか。なぁ？」

「何が、なぁ、だ。誰が妬くか！」

カッといきり立った刹那、入間の顔が近づいてきて、ちゅっと鼻先にキスをされた。額と額をコツンと合わせたまま、囁いてくる。

「愛してるぜ、靫也」

熱っぽい眼差しを間近から浴びて、その熱が伝染したみたいに、だんだんと指先が熱を帯びてくる。指だけじゃない。こめかみも頬も……熱い。

「……今、自分たちがどんな状況下にあるか、わかって言ってるか？」

背中を這い上がるこそばゆさを堪《こら》え、憎まれ口を叩く奥村に、入間が文句を言った。

「こーゆー時は黙って目ぇ瞑《つぶ》るのが礼儀だろ？」

「おまえにだけは礼儀を諭《さと》されたくない」

ぶつぶつ零しながらも、渋々と目を閉じる。

奥村が自分から少しだけ仰向《あおむ》くと、入間が初めてキスをする中学生みたいに、そっと唇を重ね合わせてきた。

それぞれ手錠で両手を拘束された不自由な体勢で、触れるだけのキスを繰り返す。キスとキスの合間にも、薄く開いた唇に何度も囁きが落ちる。

「愛してる……靫也」

「……ん」

「愛してる」

甘い囁きが耳に心地いい。いつもは戯言《ざれごと》にしか聞こえないそれが、今日はちゃんと睦言《むつごと》に聞こえる……。

やがて名残惜《なごりお》しげに唇を離した入間が、空に向かって吠《ほ》えた。

「あー、クソ！　手錠が邪魔だ！」

座ったまま地団太《じだんだ》を踏む。

「今すぐ押し倒してぶっといの突っ込んであんあん言わせてえっ！」

「大声でわめくな！」

せっかくの甘いムードを打ち壊しにされた奥村は、眉間に筋を刻んで節操のない男を叱った。

やることしか頭にないケダモノと中学生みたいなキスをかわして甘ったるい気分になっている自分も相当に末期だが。

「それでもまぁ……極寒のロシアで氷川の愛人にされるよりはマシか」

嘆息《たんそく》混じりにひとりごち、手錠の嵌まった両手を胸の位置まで持ち上げる。そのまま奥村は右手首を小刻みに動かし始めた。輪っかの中の腕を奇妙な角度に捻ったり、曲げたりを繰り返す。

「何してんだ？」

入間の不思議そうな視線の先で、カチャカチャと音を立てていた手錠の右の輪が、突如ぶらりと垂れ下がった。

「なんだぁ？」

驚愕する入間をよそに、奥村はもう片方の輪からも左手を抜き出す。

「な、な、な、なんで？」

「関節を外した」

自由になった両手を組み合わせ、コキコキ骨を鳴らしながら平然と答える奥村を、入間は宇宙人でも見るような目つきで眺めていたが、不意に身を折って笑い出した。

「ひー、うけるっ」

「奥の手は最後まで取っておくつもりだったが、予定外の飛び入りで作戦変更だ」

「ったく、あんたって男は……なんだっていっつもそう予測の斜め上なんだよ？」

まだ笑いの発作《ほっさ》が治まらない相方に、奥村は冷たい一瞥《いちべつ》を投げかける。

「いつまでも馬鹿笑いしてないで、なんでもいいから先の尖った針状のものを持っていたら渡せ。俺の所持品はすべて取り上げられてしまっているんだ」

「俺もだ。カメラもサングラスも没収されて身ぐるみはがされた」

ピンが一本あれば、入間の手錠を外すことはたやすいのだが。

思案げな面持ちで立ち上がり、出入り口の近くまで歩み寄った奥村は、戸板に耳をつけてドアの向こうの様子を窺った。先程氷川と一緒に運転手も出たから、現在、ここに残っている見張りはふたりのはずだ。

近くに人の気配がないことを確認してから、改めて扉の造りを確かめる。ドアノブはあるが鍵穴のない至ってシンプルなタイプで、鍵はドアの裏側にスライド鍵が取りつけられているようだ。どんなに精巧な鍵穴でも、時間と道具さえあればこじ開ける自信があるが、ここまでプリミティブな形態だと却って打つ手がない。

「くそっ」

口の中で舌を打ち、背後の入間を顧《かえり》みる。

「このままだと明日にはふたり揃ってカムチャッカ行きの船に乗せられてしまう。俺はともかくとして、おまえはオホーツクの中程で海に突き落とされる可能性大だな」

「それだけは勘弁してくれ。ガキの頃に日曜洋画劇場で『ジョーズ』を観《み》て以来、サメ恐怖症なんだ。おかげでフカヒレも食えない」

鼻の頭にしわを寄せて嘆いた入間が、腹筋の力だけで「よっ」と起き上がった。奥村の側まで大股で近寄ってきて、「要はこいつを開けりゃいいんだろ？」と顎でドアを指す。

簡単に言うなと叱りかけた奥村は、次の瞬間、ぎょっと目を剝いた。事前になんの申し合わせもなく、入間がでかい足を振り上げたからだ。

「……待っ……」

その意図に気づいてあわてて止めようとしたが、時すでに遅し。次の瞬間には、ごついワークブーツの底が扉にめり込んでいた。

「入間っ」

後ろ手に拘束された状態でも軽がると、男は威力のある蹴りを繰り出す。

ガッ！　ガッ！　ガッ！

奥村がフリーズしている間に、戸板がメリメリと音を立てて割れ出した。

「おっしゃあ！」

雄叫《おたけ》びをあげた入間が、今度は裂けた戸板に体ごとぶつかり始める。

「あんたも手伝え！」

その声ではっと我に返り、奥村もあわてて加勢した。もはや相方の粗暴さに呆然《ぼうぜん》としている場合ではない。

ドンッ！　ドンッ！

男ふたりの体当たりに悲鳴をあげたドアが激しくたわみ、ついに大きな音を立てて外側へ開いた。

バンッ!!

ふたり同時に部屋の外へ飛び出すと、異変に気づいた見張りがあたふたと駆けつけてくるところだった。

「なんだぁ!?」

入間と奥村の姿に驚き、先頭の髭面男が立ち竦む。その一瞬の隙を逃さず、奥村は男に殴りかかった。身を屈《かが》めて相手の懐《ふところ》に入り込むやいなや、鳩尾《みぞおち》に拳をねじ込む。

「ぐっ……」

低い呻《うめ》き声をあげて、男の体が沈み込んだ。

「くそっ」

続いて突進してきたスキンヘッドの若造の足を、入間がさっと薙《な》ぎ払う。

「うわっ」

男は派手に蹴つまずき、前のめりに倒れ込んだ。床に突っ伏した背を、入間のワークブーツが容赦《ようしゃ》なく踏みつける。

「おおっと、動くなよ？　ボウズ」

痛みに引きつるにきび面を見下ろしながら、歯を剝いて凄んだ。

「これでもガキの頃はサッカー少年でな。下手《へた》に動くと背骨がポキリといくぜ？」

髭面の大男から鍵を取り上げて入間の手錠を外した。用済みのふたりの後頭部に手刀《しゅとう》を入れて眠らせる。床にぐったり転がる男たちの手首に、自分たちが外した手錠を嵌めた。

「おっと、忘れちゃいけない」

入間が髭面の腰ポケットから車のキーを取り戻すのを待って、奥村が声をかける。

「時間がない。氷川が戻る前に出るぞ」

だが、入間はきょろきょろと室内を見回したまま動かなかった。

「ちょっと待ってくれ。カメラがない」

写真屋根性とでも言おうか、この男、どこへ行くにもカメラ持参なのだ。その大事な商売道具を捕まった際に取り上げられたというのは先程聞いた。

「一眼レフ？　デジカメか？」

「いつも使ってるニコンだ。ブルゾンと一緒にあるはずなんだが」

愛用の品と聞けば捨ててもいけない。ふたりがかりで一階を隈《くま》なく探したが見つからず、二階に上がる。

二階のふたつの部屋のうち、二番目に開けたドアの中で目当ての品を見つけた。倉庫のような薄暗い部屋の床に、入間の荷物一式が無造作に置かれている。

「あった！」

入間が駆け寄って、虎の子のカメラを鷲摑《わしづか》んだ。それがもう習性のように、愛機のファインダーを覗いて具合を確かめる。入間の代わりにブルゾンを拾い上げた奥村は、何げなく視線を向けた部屋の片隅に木箱を認めた。ワインなどの運搬に使われる、板張りの箱だ。

その箱の蓋が微妙にずれて、中身が少しだけ覗いている。近づき、隙間をさらに押し広げると、細かい藁《わら》の中に黒光りする鉄の塊《かたまり》がびっしり詰まっていた。

「……拳銃《けんじゅう》？」

奥村のつぶやきに入間が振り返る。奥村は、ポケットから取り出したハンカチで包み込むようにして、慎重に一丁を持ち上げた。じっくり検討したのちに、うっすら眉をしかめる。

「マカロフだ」

軍用のオートマティック式ハンドルガンで、旧ソ連邦崩壊後、日本にも流れてくるようになった。トカレフの後継機として開発され、堅牢で精度が高いらしい。かつてつきあいのあった組員たちが携帯しているのを、奥村も何度か見たことがある。木箱の横に並ぶひと回り小振りな箱には、鉛《なまり》の実弾が、これもぎっしりと詰まっていた。

「これ、全部モノホン？」

木箱を覗き込んだ入間が、ヒューと口笛を吹く。大量の銃を見てビビるどころか、おもしろがってさえいる男を横目に、奥村は険しい声を落とした。

「残念ながら本物だ。……氷川のやつ、やけに頻繁に外へ出かけると思ったら、ちゃっかり商談もまとめていたわけか」

来日のついでに、船で密輸したロシア製の拳銃を、日本の暴力団に売りつけようという魂《こん》胆《たん》だろう。

「どうする？」

「どうするもこうするも……」

十秒ほど思案した末に結論を出す。ぐずぐず悩んでいる時間はなかった。

「さすがに木箱いっぱいの密輸拳銃は民間人の手に余る。警察に連絡するしかないだろう。携帯を貸してくれ。俺のは電池切れだ」

「あ……俺のも切れてるわ。そういやここんとこバタバタしてて充電さぼってたからな」

家捜しの際、固定電話は見当たらなかった。電話線自体が引かれていないのかもしれない。

「仕方ない。やつらの携帯を借りよう」

踵を返して部屋を出た奥村は、廊下へ一歩踏み出たところで、パシャッという音に足を止めた。振り向くと、入間が木箱にカメラを向けてシャッターを切っている。

「何をしている？」

苛立った声の問いかけに、入間はしたたかな顔つきで答えた。

「記念写真。一応、なんらかの証拠になるかもしれねぇからな」


「あった」

気絶している髭面のジーンズの腰ポケットから奥村が携帯を引き抜いた時、ピルルルルッと呼び出し音が鳴った。数秒迷ってボタンを押し、耳許に寄せる。

『俺だ』

――氷川！

奥村の緊張が伝わったらしい。入間が「氷川か？」と小声で囁いてきた。うなずく奥村の耳にノイズ混じりの低音が告げる。

『あと数分でそっちへ戻る』

ブツッと回線が切れるなり、奥村は携帯を本来の持ち主に投げ返した。警察に協力するのは、とりあえず自分たちの身の安全を確保したあとだ。

「氷川が戻る前にできるだけここから離れるぞ」

「了解」

ふたりで外へ駆け出し、山道を走る。

「こっちだ！」

入間の誘導で車の隠し場所まで走ったが、そこに肝心のローバーはなかった。

「俺の車がない！」

「やつらに見つかって移動されたんだろう」

「丸目のレンジローバーは希少なんだぞ！」

叫ぶ入間の肩越しに、奥村は薄赤く染まり始めた西の空を見上げた。そろそろ日が暮れる。

「こうなったら自力で山を下るしかない」

「俺の愛車を傷もんにしやがったらぶっ殺してやる！」

「車は諦めろ。——行くぞ」

未練たらたらの入間を促し、さらに山路を下りる。十五分ほど早足で下って、ようやく二車線の国道に出た。ほっとする間もなく、車の排気音が近づいてくる。

「伏せろ！」

樹木の陰に身を潜めるふたりの前を、黒いベンツが通り過ぎた。

「……氷川だ」

「上から下りてきたってことはつまり、俺たちの逃亡を知って追ってきたってことか？」

「国道は駄目だ。やつらに張られている。山路を下ろう」

結局、登山者や地元の人間が利用する山道を使うことにする。下っている間にだんだんと日が暮れてきた。視界のきかない薄闇の中で、体力の落ちている奥村が足を取られてよろめくたび、こちらは揺るぎない足取りの入間が手を差し出してくる。

「ほら、俺の手に摑まれよ」

「……大丈夫だ」

硬い声で断り、自力で立ち上がった。不甲斐《ふがい》ない自分に腹が立ったが、やはり二日近く何も食べていないと、足腰に力が入らないものだ。ふたたび歩き出してまもなく、張り出した木の根に躓《つまず》いて倒れてしまった。

「……くっ」

先を歩いていた入間が気づいて戻ってくる。腕を摑まれ、ぐっと引き上げられた。そのまま手を引こうとする男に抗《あらが》う。

「いい……放せ」

しかし、今度は入間も手を離さなかった。大きな手で奥村の手をしっかり握り直し、背を向けて歩き出す。嫌々でも手を引かれていると、そのうちにこのほうが能率がいいことを認めざるを得なくなり、奥村は抵抗を諦めた。

ケモノ道のような山道をいくら進んでも、一向に下界の明かりは見えてこない。日が落ちてしまった今、先を照らすライトがないのは致命的なハンデに思えた。それでも迷いなく先を行く大きな背中に、素朴な疑問が浮かぶ。

「よく方向がわかるな」

「勘だ」

堂々と返されて、疲労のためだけではないめまいを感じた。

「おまえな……」

「取材で入ったアマゾンのジャングルで、三日間放浪したこともあるからな。まぁ、任せておけ」

力強く請け負い、暗い地面をザクザク踏み締めて前進する。生い茂る樹木を無造作に掻き分けるワイルドさは、まさに野性児そのものだ。こいつならたしかに未開のジャングルでも充分にサバイバルできるだろう。

「それにしても静かだな」

時折歩調を緩めては耳を澄ますような素振りをしていた入間が、ついにぴたりと立ち止まった。難しい顔で闇《やみ》を睨《にら》む。

「……車の音ひとつしねえ。視界がきかない上に音も聞こえないってのは致命傷だ。こりゃマジで遭難するかもなぁ」

めずらしく焦燥《しょうそう》の滲《にじ》む声を聞けば、鳩尾のあたりがキリキリと痛くなってくる。

「だから言っただろう。俺と関わるとロクなことがない……と」

自虐的な台詞を吐く奥村の手を、入間がぎゅっと握り込んできた。

「あんたと一緒なら、たとえ火の中水の中。地獄行きもまた楽しいってな」

「……馬鹿」

暗くてよかったとこっそり思った。きっと少し顔が赤い。

「本当におかしなやつだな」

「俺たち、変人同士でお似合いだろ？」

「一緒にするな」

冷たく突き放しつつも心の片隅で、こいつとなら地獄からでもいずれ這い上がれるかもしれないと考えている自分が不思議だった。

(相当に毒されているな、俺も)

入間といると、自分がくよくよと悩んでいたことが馬鹿らしくなってくる。

生きていく以上は逃れられないしがらみや人間関係。

不本意な生い立ちと消せない過去。

男同士でありながら肉体関係を持つことの負い目。

まっすぐに生きようと足掻《あが》くほどに、手足の自由を奪う、もろもろの枷《かせ》。

自分ひとりではどうにもできないことでも、こいつと一緒なら乗り越えられる。そんな気がしてきて——。

そのあとはまさしく手探りで山を下った。山は登りよりも下りのほうがキツイという話は本当だった。疲労が積もるほどに足取りがどんどん重くなり、いっそ野宿したほうがいいのかもしれないという諦めも頭を過《よ》ぎる。

「明かりだ！」

入間の弾んだ声に、奥村は顔を振り上げた。太い腕が指し示す先――眼下の暗闇の中に民家の明かりらしきものがポツ、ポツと見える。希望の灯火《ともしび》だ。

「もう少しだ。がんばれ」

入間に励まされ、奥村も萎《な》えかけた膝に喝《かつ》を入れた。最後の力を振り絞って二車線の舗道へ出る。ようやく固いアスファルトを踏んだ時だった。

「――ッ」

パーッと光るライトに立ち竦み、一瞬目が見えなくなる。徐々に視力を取り戻した視界に映り込む、丸目のレンジローバー。

「俺のローバー！」

入間が叫ぶ。モスグリーンの車体から男たちが降りてきた。奥村が気絶させたチンピラふたりだ。さらにその背後のベンツから、氷川と運転手が下りてくる。どうやらルートを読まれ、先回りされていたらしい。

部下を従え、ゆっくりと距離を詰めた氷川が、並び立つ奥村と入間の一メートルほど手前で足を止めた。昏い双眸で奥村を見据え、薄い唇を開く。

「逃げないんじゃなかったのか？」

憤りの滲む視線をひるまず受け留めて、奥村もまた口を開いた。

「……逃げようと思っていたが」

そこでいったん切ると、一拍置いて言葉を継《つ》いだ。

「やめた」

「おい」

驚く入間に向き直り、その顔を見つめる。出会ってからの十ヵ月間、ずっと胸の奥深くに飼っていた惑《まど》いを振り切るように、はっきりと告げた。

「おまえから逃げるのは、やめた」

入間の目が見開かれていく。

「とりあえず、お互いが飽きるまではつき合うさ」

迷いの消えたすっきりとした声で言うと、入間がふっと唇の端を持ち上げた。

「俺は一生飽きないけどな」

「――靫也」

そのやりとりに割り込むように、氷川が近づいてくる。

「おまえがおとなしく戻れば、その男に危害は加えない」

氷川に顎で指された入間が、むっとした表情で一歩前へ出た。大きな体で奥村を庇《かば》うようにして、氷川と睨み合う。

「…………」

青い火花を散らす、無言のバトルが十五秒ほど続いた。先に視線を外した氷川が、背後の男たちに低く告げる。

「殺さない程度に痛めつけろ。ただし、靭也の顔は傷つけるな」

「うぉーっ」

奇声をあげて殴りかかってきた髭面の拳を僅差《きんさ》で躱《かわ》し、体《たい》を入れ替えた奥村は、振り向き様、男の背中に肘鉄《ひじてつ》を入れた。

「ぐえっ」

心臓の裏を突く一撃に、潰《つぶ》れた蛙みたいな声を出して男が身を折る。前屈みの腰をさらに後ろからガッと蹴り倒した。コンクリートに突っ伏した男が、完全に意識を失っていることを確かめ、顔を上げると、入間が運転手とやりあっているところだった。

運転手はどうやらボクシングの覚えがあるらしく、切れ味のいい拳を繰り出している。対する入間はかろうじて避けてはいるものの、左右の連打に手を焼いていた。

「気をつけろ！　そいつは手強《てごわ》いぞ！」

叫んで相棒《あいぼう》の加勢に向かいかけた奥村の前に、スキンヘッドのチンピラが立ちはだかる。手には木刀。気色《けしき》ばんだ男の目をまっすぐ見据え、奥村は薄く笑った。

「いつぞやは世話になったな」

シチューの件を当てこすると、ニキビ面がみるみる赤くなった。

「ば、馬鹿にしやがって！」

震える手で木刀を掲げる。

「よせよ。手が震えてるじゃないか」

「うるせえっ」

わめいた男が木刀をブンッと振り下ろしてきた。それを左右の振りで躱した奥村は、空振ってたたらを踏む男の肩を摑んだ。手首をぴしっと叩いて木刀を振り落とす。

「あっ」

短い悲鳴をあげた男の手首を摑み、捻り上げた。

「痛えっ」

絶叫するスキンヘッドの耳に低くつぶやく。

「おまえは極道には不向きだ。その年ならまだ充分にやり直しがきく。一刻も早く足を洗え」

言うなり首筋に手刀を入れると、今度は声もなく、男の体はぐずぐずと頽《くずお》れた。

自分の担当をふたり沈めて相方を顧みる。

入間と運転手はまだ一進一退の攻防を続けていた。

拳を避けてじりじりと下がり、背中にローバーの車体を背負った入間が退路を失う。追いつめた運転手がにやりと笑い、右の拳を大きく振り上げた。

「入間！」

顔面直撃の寸前、入間の左手が男の拳をバシッとキャッチする。その拳を握り込んだまま、ぐっと引いた。

「うっ」

前のめりになった運転手の横腹に、入間が空《あ》いている右の拳をめり込ませる。

「ぐ……えっ」

ガクッと膝をついた男がゆっくりと仰向けに倒れた。白目を剝く男を跨《また》ぎ越え、奥村は入間に声をかける。

「大丈夫か？」

浅黒い貌がにっと笑った。

「あんたの拳を避けまくった経験がこんなとこで役に立つとはな」

「そこまでだ！」

低い制止に、ふたりで同時に背後を振り返る。二メートルほど離れた位置に、黒いスーツの氷川が立っていた。その手には、黒光りする拳銃が握られている。

「これが本当に最後だ。靫也」

銃口をぴたりと奥村の胸に合わせた氷川が、今までになく切羽詰《せっぱつ》まった声で名を呼んだ。

「俺と一緒に来い。おまえは所詮《しょせん》カタギにはなれない」

しかし、奥村は首を振った。

「あんたが知っている奥村靫也はもういない。俺はこの十年で変わった。あんたは記憶の中の俺に執着しているんだよ」

ぴくりと片頬を歪めた男が、親指でカチッとセーフティレバーを外す。背後の入間が身じろぐ気配を察し、奥村は低く命じた。

「おまえは動くな」

入間の動きを封じる間も、氷川から視線は外さない。

「氷川さん。あんたには感謝している」

表情を変えない男をまっすぐ見つめたまま、奥村は心からの謝辞を告げた。

「十数年前……あんたがいなかったら俺は野たれ死んでいたかもしれない。そのことに関しては本当に感謝している」

「………」

「だが、あんたとは行けない」

男の心に巣くう孤独を誰よりも知りながら、それでも揺るぎない口調で決別を口にする。

「十年前、俺たちの道は分かれた。そして二度と交《まじ》わることはない。無理に一緒にいても、いずれ俺はあんたを憎むことになる」

氷川の眉間《みけん》が縦筋を刻み、その細い目が初めて困惑に揺れた。

「そうさせないでくれ。……頼む」

真摯な懇願に、氷川の視線がゆるゆると下がる。

「あんたを憎みたくないんだ」

わずかに銃口が傾いた。背後で入間が緊張を解《と》く気配がする。奥村も安堵《あんど》の息を吐きかけた——直後。降下していた銃がすっと持ち上がった。

「そんな浪花節《なにわぶし》が通用すると思うか？」

ふたたび奥村に銃口を向けた氷川の顔には表情がなく、据《す》わった半眼だけが無気味な底光りを放っていた。

「十年だ、靫也。十年待った。やっと巡ってきたチャンスを、この俺がむざむざ手放すと思うか？」

昏い声で繰り返す。執着心を剝き出しにしたその声音に、体中の毛穴からじわりと汗が染み出た。氷川の粘着気質を少し甘くみていたかもしれない。

「………………」

焦燥に唇を噛んだ時、右の肩越しに入間の腕がぬっと伸びてきた。筋張った大きな手が握る黒い塊を目の端で捉えた奥村は、ぎょっとして声をあげた。

「なんだそれは⁉」

氷川もまた、虚を衝かれたように細い目を見開いている。

「あれだけ大量にあるんだから一丁くらい頂戴してもバレねぇかと思ってな」

マカロフを構えた入間が嘯いた。

「い、いつの間に？」

「部屋の二階で写真を撮りながらちょいと」

「……なんのために？」

「記念に」

あっけらかんと言われ、あんぐりと口を開ける。

「記念だぁ⁉」

開いた口が塞がらない奥村を差し置き、入間が直接氷川に話しかけた。

「ひとつ忠告しておくが銃の扱いはひととおり経験がある。欲を言えばオートマティックは好みじゃないんだが、それでもあんたの頭をブチ抜く程度なら問題ない。素人だと思って舐めているると痛い目に遭うぜ」

その言葉を裏づけるかのように、実に堂に入った手捌きでセーフティを外す。氷川の四角い顔に焦燥が走った。

「……くっ」

「おっと、動くなよ。その気がなくても動かれると反射的に撃っちまうからな」

暗闇にも炯々《けいけい》と光る両眼。

褐色の腕をまっすぐ伸ばし、いささかの躊躇《ちゅうちょ》もなく氷川の頭に銃口を向ける男には、恵まれた体軀のためだけでない迫力があった。

(……こいつ)

人のことを散々に「裏表が激しい」だなんだ言っていたが……人のことを言えるか。

いまさらながらに得体の知れない相棒に無気味さを覚えつつも、奥村は氷川に向かって口を開く。

「そのベンツのトランクに銃と実弾が入っているだろう？　アジトの二階に隠してあったものだ」

驚いたような表情から答えを汲《く》み取り、こちらの要望を告げた。

「このままそいつを持って、ロシアへ帰ってくれ。こっちはマカロフの写真を押さえてある。あんたと別れたあと、俺たちはそれを持って警察へ駆け込む。猶予は二時間。その間に港を離れろ」

「……いいのか？　密航の片棒を担ぐことになるぞ」

氷川の確認には迷いなくうなずく。

「警察や入国管理局に義理はないが、その銃が日本のヤクザ組織に渡るとなれば話は別だ。それは見逃せない」

「おまえなりの筋の通し方ってわけか」

「あんたへの恩義はこれでチャラだ」

最後に釘を刺すと、氷川が薄笑いを浮かべた。

「嫌だと言ったら？」

「……そんなに死にてぇのか、てめえ」

入間の低い恫喝は、どこか人を食ったようだった今までとは違い、本気の殺気を孕《はら》んでいた。氷川の表情が強ばる。

「ぐだぐだ言ってねぇでとっとと銃下ろして——消えろ」

思わず顧みた男の全身から立ち上る不穏なオーラに、奥村も息を呑んだ。トリガーを引き絞る動きで、入間の筋肉質の腕がわずかに膨らむ。

「…………」

首筋がちりちりと灼けつくみたいな緊迫した空気の中、氷川はしばらく入間を睨みつけていたが、返り打つ眼光に圧し負けたようにのろのろと銃を下ろした。

憮然《ぶぜん》とした面持ちで踵《きびす》を返し、道端に点々と転がっている手下を蹴り起こす。よろめく男たちを乱暴にベンツへ押し込み、最後は氷川自らが運転席に乗り込んだ。

エンジンがかかり、ウィンドウが下がる。窓から顔を出した氷川が、未練がたっぷり残る表情で言った。

「今回は引き上げるが……おまえを諦《あきら》めたわけじゃないぜ、靫也」


「いい加減に空気読め！　ストーカー野郎！」

走り去るベンツに入間が中指を突き出して吠える。

「靫也は俺のもんだ！　てめーはオホーツクで蟹《かに》と戯《たわむ》れてろ。趣味の悪《ワリ》いネクタイしやがって、キモイんだよ！」

ひとしきり毒突いて気が済んだのか、不意にくるりと振り返り、指で摘んだマカロフをブラブラと揺らした。

「で、これ、どうする？」

「どこかで処分するしかないだろう。ったく、余計な手間を増やしやがって」

渋面を作る奥村の前で、すっとぼけた表情の入間がクルクルと銃を回す。

「おかげで助かったんだからいいじゃねぇか」

「そういう問題じゃない。――おい、取り扱いに気をつけろ」

「平気平気。実弾入ってねぇし」

ローバーの助手席へ回り込もうとしていた奥村の足がぴたりと止まった。一瞬後、バッと背後を振り向く。

「はったりだったのか!?」

「弾《たま》まではちょろまかしてこなかったからな」

「………………」

しゃらんと言ってのける鉄面皮を睨みつけた。

さっきは出来心で頂戴したなどと惚《とぼ》けていたが、本当かどうか怪しいものだ。最悪な事態を想定しての確信犯だった可能性もある。

天然で単純明快と思いきや――意外と食えない男かもしれない。

「ま、終わり良ければすべてヨシってことで」

勝手に話を終わらせた入間が、愛車のドアを開き、運転席へ乗り込んだ。なんとなく腑《ふ》に落ちないものを抱えながら、奥村も助手席に滑り込む。

「預かっておいてくれ」

マカロフを奥村に渡した入間が、キーを差し込もうとして突然「くそっ」と叫んだ。

「やつらぶっ壊しやがった！」

見ればトーボードが割られ、配線が剥き出しになっている。

「車検に出したばっかだってーのに」

天を仰いで嘆く男を横目で窺った。

事務所荒らし、トークセッションの中断、そして愛車の破損——と、今回の騒動で入間が被《こうむ》ったダメージは少なくないはずだ。

「……さすがに嫌になったか？」

敢《あ》えて淡々とした声で尋ねると、間髪容《い》れずに「まさか」といういらえが返ってきた。

「退屈な日常なんざクソくらえ！　スリル上等！　ヤクザだろーがマフィアだろーがどんと来い！　受けて立つぜ」

テンションの高い脳天気な声を耳にすれば、先程の自分の買いかぶりに失笑が漏れる。

（やはり、ただの天然か）

エンジンをかけ、車をスタートさせた。蛇行する山路を下り、対向車もまばらな国道をまっすぐ走っていくうちに、緊張の糸が少しずつほぐれ始める。緩やかな震動に伴い強烈な眠気が襲ってきて、丸二日寝ていない奥村の目蓋は、だんだんと重く垂れ下がっていった。

この数日で酷使した全身が鉛を呑み込んだみたいに重く、だるい。

「煙草、煙草と……どこだ？」

　ほとんど手放しかけていた意識を、隣りの男が衣類を探る気配で取り戻す。薄目を開けた奥村は、マルボロを銜えた入間の横顔をぼんやり見た。

「あんたを追って捕まって逃げて約一日か」

「…………」

「今頃、悦と鳴沢、大騒ぎしてんだろーな」

　その台詞で、夢うつつの狭間《はざま》からいきなり現実に引き戻される。奥村は、がばっとシートから身を起こした。

「まさか黙って出てきたのか⁉」

　百円ライターで火を点《つ》けながら、入間が鷹揚に「あたぼーよ」とうなずく。

「言ったら体で止められるに決まってんだろーが」

　眠気が一気に吹き飛んだ。

　個展の最中にマネジャーが失踪《しっそう》し、さらに数日置いて今度は主役が消えたのだ。自分ならストレスで胃に穴があいている。

　ストレス性の胃炎に苦しむ鳴沢と、その周りでおろおろする及川の青い顔が脳裏に浮かんだ瞬間、つきっと胸部に痛みが走った。

「捜索願を出される前に電話だ！」

目を凝らして暗い窓の外を探したが、点々とした明かりは民家ばかりで、ファミレスやコンビニは見当たらない。たまに店舗らしい建物があってもすでに照明が落ち、シャッターも下りていた。

「八時で店仕舞いするな！　くそ」

「都心を離れりゃ街道沿いなんざどこもこんなもんだぜ。……と嘆くそばからナイスな場所発見！」

前方に突如《とつじょ》現れたピカピカのネオンを指差し、入間が嬉々とした声を張りあげる。それこそ田舎の国道沿いによくある、妙に派手な外装のラブホテルだった。

「あそこなら電話はもちろん食いもんに風呂にベッドまであって今の俺たちのすべての欲望を満たしてくれるぜベイビー！…………んな恐い顔で睨むなよ。わかった俺が悪かった。頼むから銃を向けるな。空砲と知っててても心臓に悪…」

マカロフを構えていた右腕を下ろし、奥村は嘆息を零す。

「ラブホテルは趣味じゃないが、この際、背に腹は替えられない」

「へ？」

ぱかっと口を開けた入間のアホ面を睨みつけ、低く命じた。

「さっさと駐車場に車を入れろ」

「ま、マジっすか⁉」

7

幸いにも、そのラブホテルには受付がなかった。前金を投入してパネルをタッチするとキーが出てくるシステムだ。無事に男同士での入室に成功した奥村は、部屋に入るなり脇目もふらずに電話に直行した。

『奥村さん！　本当に奥村さんですかっ⁉』

回線の向こうで、及川が今にも泣き出しそうな声で叫んでいる。その声を聞いたら、申し訳ない気持ちでいっぱいになった。

「ごめん。心配をかけたね。本当に……いろいろあって、詳しくは戻ってから話すけれど、でも今はもう大丈夫だから。――入間？　そばにいるよ。代わるから待って」

ベッドサイドのテーブルに車のキーを投げ、革のブルゾンを脱ぐ男に受話器を手渡す。面倒くさそうに受け取った入間が、肩と首の間に受話器を挟み込んだ。

「おー、悦か。なんだ、でけぇ声出して……あー、わかったわかった。悪かったよ。戻ったらリブロにも謝るから、そうギャアギャアわめくなって」

空いている耳の穴に小指を突っ込み、ほじほじとほじくりつつ、横柄《おうへい》な声を出す。

「バーカおまえ、男は時に仕事より大事なモンがあるんだよ。命を張ってでも護《まも》らにゃならんもんがな。……何？　鳴沢に代わる？……いや、それはいい。とにかく明日にはちゃんと戻るから心配すんな。じゃあな」

形勢不利と見るや一方的に会話を終了させる男に、奥村は冷たい視線を投げた。

「『明日には戻る』ってなんだ？　俺はこんなところに泊まるつもりはないぞ？」

いかにもラブホ然とした、エセロココ調の内装及び巨大なベッドを嫌そうに顎で指すと、入間が人好きのする笑みを浅黒い貌に浮かべる。その笑顔のまますり寄ってきて、両手を奥村の肩に置いた。軽く揉《も》みほぐす真似をする。

「お客さん、肩ぱんぱんに張ってますよ？」

「誰が客だ」

「まぁまぁ、そうトゲトゲすんなって。疲れてっから苛々するんだぜ？　せっかくだから風呂くらい使って疲れを癒そう。あんたもずっと監禁されてて入ってないんだろ？」

指摘されたとたん、急に、ものすごく体がむず痒《がゆ》くなる。本来が清潔好きなので、一日でも入浴を怠《おこた》ると気持ちが悪いのだ。

「……風呂だけだぞ」

肩の手を振り払いながら、渋々と譲歩すると、「もちろん」とにんまりされた。

そうと決まれば一刻も早く汗を流したい。足早にバスルームへと向かった奥村は、脱衣スペースで足を止め、一メートルほど後ろでやはり立ち止まった男を横目で睨んだ。

「なんでついてくる？」

「たまにはマネジャーの背中でも流そうかなぁと。日頃苦労かけてるしな」

「けっこうだ。自分でできる」

間髪容れずにぴしゃりと断る。

「ちぇー」

「いいから早く行け」

未練たらしく居残る入間をしっしっと追い払い、浴室に目を向けた奥村は「うっ」と息を呑んだ。

（ガラス張り……）

総タイル貼り、ジャグジー付きの豪華なバスルームは、スモークガラスですらない完全な素通しだった。これでは外から丸見えだ。

どう見ても『ふたり用』サイズの馬鹿でかいバスタブを視界に捉え、じわじわと顔が熱くなるのを感じる。くるっと半身を返した奥村は、にやにや笑いを浮かべる入間に低く凄んだ。

「覗いたらぶっ殺すぞ」

「なんだよ？　いーじゃん。男同士だろ？」

その『男』の体を散々に舐め回し、口にできないような不埒《ふらち》な真似をしたのはどこのどいつだ！

「まんざら知らない仲でもねーし」

にやけた声でつぶやき、不精髭の浮く顎を撫でた入間が、一転、気むずかしい表情を作った。

「けど、あんたが電気消せ消せうるせぇから、いっつも暗い中で致しててていまいち細部がよく見えねぇんだよな。俺としちゃできれば明るいキッチンとかで、俺の愛撫に色っぽく喘《あえ》ぐあんたの表情とか、濡れ濡れなアソコなんかをつぶさに観察したいんだが」

「入間……っ」

「欲を言えば、風呂だって一緒に入りたい。……濡れた黒髪。泡に塗《まみ》れた白い肌。体を洗う刺激でツンと尖ったピンク色の乳首……俺のためにそこをそんなに念入りに洗ったりして、本当は欲しくてしょうがないんじゃねぇのか？　素直になれよ」

「……貴様」

「ツンデレなあんたをタイルに押しつけ、狭いアソコを無理矢理押し開いて猛りきった怒張をぐぐっと！」

「いっそ死ね」

地を這う低音と同時、奥村は筋が浮くほどきつく握った拳を妄想男の前に突き出した。

「ハイハイ、わかりましたよ。退散しますって」

両手を挙げて降参のジェスチャーを取った入間が、

「前に殴られた時は一日顎の噛み合わせがヤバかったからなー」

などとどこか嬉しそうにぼやき、頑丈な顎をさすりながら立ち去っていった。

「……なんであいつはああもテンションが高いんだ？」

ぐったりと疲れた奥村は、くたびれた衣服を脱いだ。

本当は湯を張ってゆっくり湯船に浸かりたいところだったが、さっきの妄想話を聞いてしまったあとでは、おちおちくつろぐ気にもなれない。手早く頭と体を洗い、シャワーで数日分の疲れを洗い流す。それでも熱い湯を浴びただけで、ずいぶん体が楽になった。

備えつけのバスローブを羽織り、浴室を出る。濡れた髪をタオルで拭き拭き戻ると、入間はベッドの上に胡座をかき、すっかりくつろいでいた。周りには食べ物が散乱している。

「なんだ、これは？」

「冷蔵庫にあったつまみ。腹減ったろ？」

ポテトチップスにナッツ類などの乾き物にチョコレート。ビーフジャーキーもある。

「ビールもあるぜ」

入間が冷えた缶ビールを手渡してきた。

「呑んでてくれ。俺もシャワーを浴びてくる」

男がバスルームへと消えたあと、奥村はベッドの端に腰掛けた。

缶ビールを片手に、改めて部屋の中をしげしげと眺める。

ラブホテルに入ったのは生まれて初めてだった。過去に恋人がいなかったわけではないが、独り暮らしの相手の部屋に行ったり、そうでなければ奥村の部屋に相手が来たりで、たまたま機会がなかったのだ。

都心部ではブティックホテルなどと名称も変わり、若者好みのシックで洗練されたインテリアの部屋も多いと聞くが、ここは場所柄か、昔ながらの「いかにも」な内装だった。柱や扉、照明などが妙にデコラティブで、壁紙も毒々しい赤。やはり赤色のベッドリネンには、黒のフリンジが過剰についている。どうにも場末感は拭《ぬぐ》えない。

何げなく振り向いて自分と目が合い、ぎょっとした。壁だと思っていた一面は巨大な鏡で、そこにベッドがぴったりくっついている。どうやらコトの一部始終を鏡で確認できる仕組みになっているようだ。

いかにも入間が喜びそうな下世話な趣向だ。

うっすら眉をひそめていると、腰にバスタオルを巻いた当人が出てきた。

「なんだ、呑んでなかったのか」

奥村の手つかずの缶を見て片眉を持ち上げる。

「一応、乾杯してからと思ってな」

奥村の返答に、入間が嬉しそうに笑った。自分の分の缶ビールをいそいそと冷蔵庫から取り出し、奥村の隣りに腰を下ろす。

「んじゃ、乾杯」

缶を掲げて入間が言った。

「あんたが無事に戻ってきたことを祝して」

同じように缶を掲げながら、奥村は窘める。

「おい、適当にしておけよ。これから運転するんだからな」

だがその忠告はあっさり無視され、入間は一瞬でビールを呑み干してしまった。満足そうにふぅーと息を吐き、片手で潰したアルミ缶を床に放り投げると、ベッドにごろっと仰向けに寝転がる。

「こら、寝るな」

臑《すね》を蹴ったが反応がない。もしや本当に寝たのかと不安になり、奥村は身を捩って男の顔を覗き込んだ。

入間はちゃんと目を開けていた。眉根をかすかに寄せた、どこか物憂げな表情で天井を見つめている。

「……入間？」

呼びかけに、ゆっくりとこちらを見た。恐いくらいに澄んだ榛色の双眸を奥村の顔にとどめたまま、かすれた声がぽつりと零れる。

「あんたがロシアに行っちまわなくて、本当によかった」

「…………」

いつもひょうひょうと摑み所がない男の、意表を衝くような素直な声。

どこか頼りなくも聞こえる声に、奥村は目を細めた。

わがままで俺様でどんな時でもふてぶてしいほどにエネルギッシュで——そんな天然の暴君が不安を覚えることなど……あるのだろうか。

「ま、仮に連れ去られても、取り返しに行くけどな」

不意に入間の口調が変わった。感傷的な物言いを恥じ入るみたいに、唇の片端を不敵に吊り上げる。

「モスクワだろーがシベリアだろーが、地球の果てまでだってどこまでも」

いつぞやの台詞を繰り返す男に、奥村は小さく笑った。

「そうは言っていたが、本当に追ってくるとは思わなかった」

「俺は有言実行の男だぜ」

「たしかに有言だな。よくしゃべる」

「ひでーな」

苦笑のあと、たくましい腕が伸びてきて、奥村の顔に触れた。手の甲で頬をさすってから、肩に手がかかる。そのままそっと引き寄せられた。前屈みになった奥村の唇と、仰向けの入間の唇が重なる。

「………ん」

触れ合うだけの短いキス。硬い舌先で隙間をつつかれ、奥村がうっすら開くと、ざらついた肉塊が滑り込んでくる。たちまち占拠された口腔内から、呑み下しきれない唾液が溢れて滴《したた》った。厚い舌を絡ませながら、入間がじわじわと身を起こしてくる。形勢が逆転した直後、ぎしっとベッドが軋《きし》む音が聞こえた。背中をつけたリネンに濡れた黒髪が零れる。

いつしか奥村は、入間の厚みのある胸の下に組み敷かれていた。

仰向いた視線の先の――ほどよく灼けた彫りの深い貌。

澄んだ明るい色の瞳と目が合った刹那、切ないような、甘いような、不可思想な感情が胸の中に広がった。

不精髭が浮く男っぽい顔がゆっくり下りてきて、鎖骨に、首筋に、やさしいキスが落ちる。

覆い被さってくる――熱くて硬い体。きつい抱擁に甘いめまいを覚える。

触れ合った部分から、入間の熱が染み込み、体の隅々まで染み渡る感覚。

乾いた布が汗を吸い取るように、自分の体が貪欲に『入間』を吸収しているのがわかる。

たった数日間離れていただけで、こんなにも飢えていたのか。この男に。

軽い衝撃と、甘美な充足感。

こんなふうに男の硬い体に抱き締められ、満たされている自分はおかしい。

硬い体と充実した筋肉の重みに欲情するなんて――。

そう思っても、細胞レベルで『入間』を求めてしまう自分に抗うことは、もはやできなかった。

バスローブの裾を割って大きな手が忍び込んでくる。すでにじんわり熱を持っていた欲望を握られ、ゆっくりと上下される。まるで壊れ物でも扱うようにやさしく追い上げられて、奥村は唇を噛み締めた。今にも零れそうな喘ぎを必死に堪える。

こんなのはずるい。

もっと強引に奪ってくれれば、相手のせいにできるのに。

こんなふうに感じているのは自分のせいじゃない。男の愛撫に乱れるのは俺の本意じゃない。そう言って逃げることもできるのに。

それが、こうして――まるで恋人を慈《いつく》しむみたいにされたら……逃げられない。

入間の手によって勃ち上がった奥村の欲望が、先走りに濡れ始める。鈴口からとろとろと溢れ、軸を滴った透明な液が、男の手の中でくちゅくちゅと淫らな音を立てた。

「濡れてきたな」

耳殻に囁かれて、びくっと体が震える。

「あっ……」

「……という間にぬるぬるだ」

「や……め」

「別に恥ずかしいことじゃねぇだろ。感じりゃあ誰でも勃つし、濡れる」

濡れるのは女だろう――と突っ込むこともできない。入間の硬い指の腹が、敏感な裏の筋を擦り上げたからだ。痺《しび》れるような快感が腰に走り、堪《こら》えきれない声が漏れる。

「あっ……ぁ」

その反応に満足げに目を細めた男が、欲情にかすれた声で言った。

「あんたは少しだけ普通より感じやすくて、量が多いだけだ」

まるでものすごい淫乱のような物言いをされて、顔がカッと熱くなる。

「違……」

「違わねぇよ。ほら、こっちももう欲しがってトロトロだ」

節ばった太い指が後孔をつつかれ、あわてて力を入れたがわずかに遅かった。一気に指の付け根まで突き入れられ、乱暴な挿入に背中が撓る。

「いっ……」

痛いと顔をしかめたのも一瞬。太い中で指が淫猥《いんわい》に蠢《うごめ》き始めると、疼くような鈍い快感がそこから湧き出す。

入間と会うまでの三十二年間は、知らなかった種類の愉悦だ。それまでは、こんなところを擦られたり弄《いじ》られたりすることが、身悶えるほどに『悦《い》い』なんて、想像もしなかった。

とはいえ通常は、違和感や異物感が官能に結びつくまでには時間がかかる。

それが今日は……感じるのが早い。

下腹にわだかまった熱に炙《あぶ》られ、内部がいつもより敏感になっている気がする。後ろの刺激が前へ直結して、どんどん性器が張りつめていく。

「………っ」

自分の体の反応の速さに戸惑った奥村は、眉をひそめて首を振った。

「変だ……こんな」

痛いほどに反り返った奥村の欲望を握って、入間がうっそりと笑う。

「俺も、もうこんなだ」

指を引き抜くと、喪失感に震える奥村の膝裏に手をかけ、大きく割り広げる。羞恥に抗う間もなく、熱い塊を入り口に擦りつけられた。

「アッ……」

切っ先を浅く埋め込まれて小さく喘いだ。

——もう？

普段の入間は前戯に時間をかける。

指や舌、唇、全身を使って乳首や性器を執拗に弄られ、ギリギリまで追い上げられた奥村が、火照《ほて》った体を自ら開いて欲しがるまで、じっくりと、ねちっこく愛撫を施す。

焦れた奥村が限界を訴えて初めて、王様のような傲慢な顔つきで中に入ってくる。なのに今日の入間は、ほとんど胸にも触れずに挿入しようとしていた。

「もっと、あんたをぐちゃぐちゃに悶《もだ》えさせてぇが」

浅い息を吐いて腰を入れてくる。

「もう……余裕がねえ」

悔しそう声が耳をかすめると同時、すごい圧力がかかった。

「あ——あ——ッ」

長大な凶器で体を割り開かれる苦痛に、眉根をきつく寄せる。自分を穿《うが》つそれは、いつにも増して熱く重量があるような気がした。

「……ふ……っ」

鼻から抜けるような声。呻吟《しんぎん》の末、ようやくすべてを納めた入間が、肩で喘ぐ奥村をぎゅっと抱きしめてくる。

「めちゃめちゃ熱いぜ。あんたの中……たまんねえ」

耳の中を嬲るみたいに囁かれると、入間をいっぱいに銜《くわ》え込んだ後孔がずくりと疼く。大きく脚を開いた屈辱的な体勢で浅く抜き差しされ、奥村は甘くうめいた。

「んっ、……あっ」

「あんま締めつけんなよ。早々にいっちまうだろ」

顔をしかめた入間が上体を少し起こした。ベッドに両手をつき、細めた双眸で奥村の表情を凝視しながら、慎重に出し入れを始める。しかし探るようだったのは初めの数度だけで、すぐにピッチが上がった。

力強いストロークに合わせて、ギッ、ギッとベッドが揺れる。ぐっと突き入れたかと思うと、成熟した雄《おす》の形を知らしめるように、じわじわと引き抜く。抽挿のたび、褐色の入間の首筋から、ぽたぽたと汗が滴る。その荒削《あらけず》りな貌は、官能にしっとり濡れて、たまらなくエロティックだ。

「あっ……く、んっ」

硬く張り詰めた怒張で荒々しく抉《えぐ》られた奥村の喉から、淫らな吐息が漏れた。

入間が行き来する粘膜が、とろける。情熱的な揺さぶりが気持ちいい。密着した男の体が発する熱に、頭がぼうっと霞《かす》む。

……たまらない。すごく、いい。

「い、……入間……いっ……」

疲労のせいか、頂上までの道程は駆け足だった。両脚を入間の腰に絡みつけ、最奥に男を銜え込んだ状態で、奥村は激しく極めた。たっぷりと精を吐き出しても、長くだらだらと余韻が糸を引く。

吐精の快感とは少し違う――ひとりでは決して味わうことのできない――深い絶頂感。ほどなく入間もぶるっと全身を震わせる。

「くっ」

低く呻き、大きな体がゆっくりと覆い被さってきた。胸と胸を合わせ、ぴったりと重なり合う。少し早い心臓の音。

「……靫也」

しゃがれた声。まだ繋がったまま、入間がこめかみや鼻先に唇を押しつけてくる。気怠くキスに応え、満ち足りた気分で男の重みを受けとめていた奥村は、ややしてぴくっと身を震わせた。体内の入間がふたたび力を持ち始めたからだ。

「ちょっ……待て」

薄目を開けた先の入間の双眸は、欲情に濡れて光っていた。

「欲しい」

熱っぽく口説かれて、両目を見開く。

「……もっと欲しい。靫也」

飢えた声で繰り返されると、達したはずのそこがまたじんわりと熱くなった。

どうかしている。

いったばかりなのに――。

「あ……あ、……あ」

一度抜けた入間が、今度は後ろから入ってきた。四つん這いの体勢で貫かれて、がくがくと揺さぶられる。濡れた音を伴った激しい抜き差しに、結合部から先程入間が放ったものが染み出してきて、太股を伝う。

生ぬるい感触を嫌がって奥村が身を捩った刹那、二の腕を掴まれ、ぐいっと上体を引き起こされた。

「見ろ」

「……っ」

そこには――男と繋がったあられもない自分の姿が映っていた。

上気した頬。官能に濡れた黒い瞳。ひそめた眉。薄く開いた唇。

乱れて、首筋に張り付く黒髪。女のように赤く膿《う》み、ツンと勃ち上がった乳首。

ほんの形ばかりバスローブが腰にまとわりつき、剥き出しの太股はどちらのものとも判別のつかない体液にぐっしょりと濡れている。

こちらも濡れそぼった淡い叢《くさむら》。その陰で、ふたたび芯を持ち始めた欲望が、ふるふると頬りなげに揺れていた。

「やっ……」

カッと羞恥に灼《や》かれ、顔を背けようとしたが、大きな手で頤《おとがい》を摑まれてしまう。強引に鏡の中の自分と向き合わせられた。

「や……め……放……せ……っ」

「ちゃんと見ろよ。自分のいやらしい姿を」

背後の入間が低く命じた。

「あんたほど強くて淫らな男はいない」

耳殻に囁いた入間が、空いているほうの手を前に伸ばしてくる。半勃ちの性器を摑まれ、上下に扱かれた。

「あ……う、んっ……はっ、あ」

入間の大きな手が、自分の欲望を嬲るビジュアルに煽られ、無意識にも肉襞がうねる。

自分の痴態を無理矢理見せつけられる恥辱と、前と後ろを同時に責められる強烈な刺激とが相まって、頭が白くなった。——熱い。繫がっている部分も、触れられている部分も、どこもかしこもが熱い。

(こんなの……おかしくなるっ)

目が眩《くら》むような快感とは、これを言うのかもしれないと、白く霞んだ頭の片隅で思った。

「……靫也」

熱い吐息が首筋を嬲り、大きな手が腰骨に食い込む。がっしりと腰を固定されたまま力強い律動を送り込まれ、そのたび膝立ちした脚の内側がひくひくと小刻みに震える。

いつしか完全に勃ち上がった欲望から愛液が溢れ――その蜜を塗すみたいに欲望を扱かれて、腰がゆらゆらと揺れた。

「あ……い、いい……入間……いいっ」

抽挿に合わせ、腰を突き出すように振って快感を貪る。

「俺もだ。すげぇ……いい」

吐息のような囁きの直後、ひときわ強く突き上げられた。

「あぁ……っ」

押し上げられた奥村は、一気に高みへと上り詰める。

「い、く――うっ――ッ」

一度目を上回る絶頂に全身を痙攣《けいれん》させながら、ぐずぐずと前のめりに頽《くずお》れた。その身を背後からきつく抱きすくめて、入間もまた熱い迸《ほとばし》りを放つ。どくんと弾《はじ》けた熱が、体内にゆっくりと満ちる。

「……ふ……っ」

ぐったりベッドリネンに伏せた奥村の首筋に、入間が顔を埋めてきた。湿った唇を押しつけ、くぐもった声で囁く。

「愛してる……靫也」

「…………」

脳裏にぼんやりと浮かんだ言葉を口にしようと開きかけた唇が——力無く閉じる。

なけなしの体力を使い果たし、強烈な睡魔に引き摺られた奥村の意識は、そのまま闇へと落ちていった。

8

桜も早々に満開となった、うららかな春の日。

十日間に亘《わた》った入間の個展も、盛況のうちに最終日を迎えようとしていた。

氷川の監禁から戻ってからの連日、時間が空《あ》く限り会場に顔を出していた奥村は、この日も出先での打ち合わせを済ませた夕刻、恵比寿のイベントホールに立ち寄った。

「あ、奥村さん。お疲れ様です」

受付の若い女性スタッフが声をかけてくる。

「お疲れ様。もう、あと二時間ちょっとで終わりだね」

「ええ。今日は最終日ということもあって、午前中からすごい数のお客様でした。どうやら来場者数が延べ五万人を超えるみたいですよ。このホールの記録ですって」

「五万というと一日五千人か。……すごいね。きみをはじめ、スタッフのみんながんばってくれたおかげだよ」

奥村の労《ねぎら》いにスタッフの顔がうっすら赤くなる。

「入間は来てる？」

「あ、はい。一時間ほど前に、鳴沢さんたちと一緒にいらっしゃいました」

と、そこで突然、目の前の女性スタッフがふふっと笑った。

「何？」

「いえ、なんでもないです」

（……？）

含み笑いの彼女に見送られて会場に入り、作品を最後にもう一度ゆっくりと観て回る。会場内で別のスタッフとも挨拶《あいさつ》を交わしたが、なぜかみな一様に、奥村の顔を見たとたんにくすくすと笑った。

――なんなんだ？

気心の知れた彼らの不可解な態度に眉根が寄る。腑に落ちないものを抱えつつ、出口へと向かった奥村は、最後のブースの前に四、五人がたむろしているのを認めて、足を止めた。

よく見れば、顔見知りのスタッフばかりだ。

「何を見ているんですか？」

背後から声をかけると、全員が同時にバッと振り向く。

「あ……っ」

「お、奥村さん！」

奥村を見た彼らの顔が一様に引きつった。

「なんかあるの？」

にこやかに問いかけても、固まった表情のまま首を横に振り、にじにじと後ずさる。

「い、いえ、なんでもありません」

「俺、仕事が……」

「私も……」

「失礼しまーす」

口々にぼそぼそとつぶやいたかと思うと、まるで蜘蛛《くも》の子を散らすようにさーっと散会してしまった。

（……だからなんなんだよ？）

憮然と五秒ほど立ち尽くしたあとで、奥村は軽く頭を振り、スタッフが集《たか》っていたブースを顧みる。

一枚の写真がブースの中央でスポットライトを浴びていた。

「新しい写真？」

日参している奥村にはすぐわかる。昨日まではこの場所になかった写真だ。

バックは白。その真っ白な画面の中程にぽつんと佇むひとりの男。これといって特徴のない三つボタンのシングルブレステッドスーツにネクタイをきっちりと締めた姿は、一見してどこにでもいる堅気《かたぎ》の勤め人に見える。

だが、その顔は不機嫌そのもので、愛想の欠片《かけら》もない。険しく寄った眉にきつく結ばれた唇。よほど自分の置かれた状況が気に入らないのだろう。切れ長の双眸を煌《きら》めかせ、迫力の眼光でカメラの向こうの相手を睨みつけている。全身から立ち上る怒りのオーラが、写真を見る者まで威圧するようだ。

「………」

声もなく目の前のプリントに釘付けになっていた奥村は、写真の下のクレジットに気がついた瞬間、大きく息を呑んだ。

十センチ四方のカードに記されたタイトルは――『素直じゃない男』。

「………!!」

叫び声が漏れるのを堪えるために、顎骨をぐっと食い締めた奥村の後ろから、癖のある低音が聞こえてきた。

「クールに見えて熱血、美人なくせに俠気《おとこぎ》があって、色っぽいわりにお堅い――被写体の本質が凝縮したいい写真だろ？　昨夜ふと天啓が閃《ひら》めいてな。引き伸ばしてみたんだが、これが史上最高の出来と言っても過言ではないほどに素晴らしい。最終日のラストを飾るに相応しい写真だと思って、さっき急きょ設置したんだ」

くるっと身を返した奥村が、背後の入間にものすごい勢いで詰め寄る。

「こ、こんな写真、いつ撮った⁉」

「覚えてねーのか？　化粧品のモデル撮影ん時のポラの試し撮りだよ」

言われてはっと思い出す。そういえばいつぞや、スタジオ撮影で嫌々カメラの前に立ったことがあった。

（……これのせいだったのか）

これを観て、どのスタッフも意味深な笑いを浮かべていたのか。

納得すると同時に腹の底から羞恥が込み上げ、全身がカーッと熱くなる。

「とっとと外せ！　恥ずかしい！」

眦を吊り上げて怒鳴ったが、入間はしみじみ写真に見入っていて取り合わない。

「今日こいつを観られた客はラッキーだな」

「何がラッキーだ！　大体このタイトルはなんだ⁉」

「センスいいだろ？　悦と鳴沢が『まさに奥村さんそのもの！』って絶賛してくれたぜ」

「な、……なっ」

「ほんと、意地っ張りだもんなぁ」

写真から視線を戻した入間が、今にも蕩けそうな表情で奥村を見つめた。

「自覚がないところが天然で、けどそんなとこがたまらなくカワイイんだけどな」

天然に天然呼ばわりされ、挙げ句「カワイイ」とまで言われ、奥村のこめかみで最後の理性の糸がブチッと切れる。

「…………………二度とそんな口がきけない体にしてやる」

低く落とした奥村は、入間のサンダル履きの足を、靴の踵《かかと》で容赦なく踏みにじった。

直後――いまや日本が海外に誇る気鋭の若手写真家の悲鳴が、会場中に響き渡ったことは言うまでもない。

素直すぎる男

「それじゃあ、そろそろオレは失礼します」

夜の八時過ぎ、アシスタントの及川《おいかわ》が自分のデスクのPCを落として立ち上がる。ナイロンのナップザックを肩に背負い、ぺこりと頭を下げた。

「すみません。お先です」

「おー、お疲れ」

彼の雇い主であり、写真家としての師匠でもある入間《いるま》が、銜《くわ》え煙草《たばこ》で片手を上げる。

「明日は通常どおりでいいんですよね？」

その問いかけにはマネジャーの奥村《おくむら》が答えた。

「うん、俺と入間は九時半にリブロで打ち合わせがあって直行するから、及川くんは通常の出勤で大丈夫。たぶん、昼には戻ると思うけど、それまでの間留守番お願いします。何かあったら、どちらかの携帯に連絡を入れてください」

「はい、了解です。それじゃ、お疲れ様でしたー」

及川が事務所スペースから出ていってしばらくして、玄関のドアがバタンと閉まる音がする。それを待っていたかのように、入間が吸い差しを灰皿にぎゅっと押し込んだ。

「さーて、そろそろ俺たちも帰るかぁ」

手許《てもと》の写真集をパタンと閉じた入間のつぶやきに、奥村はつと柳眉《りゅうび》をひそめる。

「……俺たち？」

「明日の打ち合わせの準備は終わっているし、今日はもう特に急ぎの仕事はないだろ？」

「それはそうだが……」

「だったら、もう帰ろうぜ」

いそいそと立ち上がり、ワークパンツの尻《しり》ポケットに携帯とマルボロを突っ込む男を横目に、奥村はいささか腑《ふ》に落ちない面持《おもも》ちで、それでもノートパソコンを落とした。

普通のサラリーマンと違って、フォトグラファーの仕事は時間が不規則だ。海外ロケも多いし、朝の五時に現地集合なんていうこともしょっちゅうある。それだけに、今日のように早く帰れる時には帰っておくという判断は正しいが。

なんとなく釈然としない気分のままスーツの上着を羽織《はお》り、ＯＡ機器や電化製品のスイッチを切った。窓やベランダの戸締まりを確認する。最後に部屋の電気を消し、玄関を出た奥村が鍵を閉めると、先に外に出ていた入間が廊下を歩き出した。長身の背中が廊下の途中で方向転換し、地下の駐車場へと続く階段を下りていく。踊り場まで行った入間が振り返り、まだ廊下に立っている奥村を怪訝《けげん》そうに見上げた。

「何してんだ？」

「いや……俺は……」

地下鉄で帰るから、と言いかけたが。

「早く来いよ」

付いてくるのは当然といった顔つきで顎《あご》をしゃくり、入間はふたたび階段を下り始めた。その不遜《ふそん》な態度に腹が立った奥村は、文句を言うためにあとを追う。モスグリーンのレンジローバーに辿《たど》り着いた時には、もう入間は運転席に乗り込んでいた。

「乗れよ」

助手席のドアを開けられて、眉根《まゆね》を寄せる。

「乗って、どこへ行くんだ?」

「どこって……俺んちに帰るに決まってんだろ?」

「なんで決まってるんだ」

むっとした表情で問い質《ただ》すと、入間が片方の眉を跳ね上げた。憮然《ぶぜん》とした奥村の顔を見てから、不精髭《ぶしょうひげ》の浮いた顎をカリカリと掻《か》く。

「わかった。言い方を変える。——もしご都合がよろしかったら、少しうちに寄っていきませんか?」

「気色の悪い言い方をするな」

いよいよ眉尻を吊《つ》り上げる奥村に、入間がひょいと肩を竦《すく》めた。

「じゃー、どうすりゃいいんだよ?」

「普通に誘えばいいだろう」

「あー、はいはい、普通にね。……っとに注文多いよなー」

ぶつぶつ零《こぼ》したあとで、こほんと咳《せき》払いをする。

「せっかく早く上がれたことだし、うちで呑《の》まないか？　美味《うま》い酒を手に入れたんだ」

初めからそう言えばいいんだと俺様男を心中で罵《ののし》りながら、奥村はしっかりと釘を刺した。

「一杯だけだぞ」


青山にある入間のマンションは、以前のゴミ溜《た》め状態に比べれば見違えるほど美しく、整然としていた。なんと言っても、床の表面がちゃんと見えるのが画期的だ。

ハウスキーパーを雇って月に二回掃除してもらっているのと、「ものは出したら必ず仕舞う」「脱いだ服を床に捨てない」「食べたら食器はシンクに下げる」などなど、奥村が口を酸っぱくして教育し続けた成果が徐々に現れているようだ。

「まぁまぁだな」

リビングをざっくりチェックした奥村が満足げにつぶやくと、キッチンから戻ってきた入間が胸を反《そ》らした。

「な？　言いつけ、ちゃんと守ってるだろ？」

誉《ほ》めて欲しそうな男に、しかし甘い顔は見せない。

「今月はロケが多かったからな。部屋にいなかったら汚しようもないだろう」

「ちぇ。厳しいでやんの」

口を尖《とが》らせた入間の、右手のボトルに目を留め、奥村は訊《き》いた。

「なんの酒だ？」

初めて見るラベルだった。モスグリーンのボトルに『51』という数字が大きく書かれている。形状からいって、どうやらワインでもシャンパンでもないようだ。

「『51《サンカンテイアン》』。パスティスの一銘柄だ」

「パスティス？」

「リキュールの一種で、アニス、リコリス、フェンネルとかのハーブで風味付けされている。アブサンみてーなもんだが、最近は東京じゃ滅多に手に入らなくてな。先週の南仏ロケの際にまとめて買ってきたんだ。ちなみにヘミングウェイ愛飲の酒」

「へぇ……」

「ロックで呑むとすっきりするぜ。夏の夜はこれに限る」

そう言われたとたんに、急激に喉《のど》の渇きを覚えた。今日は特に蒸し暑かったから……。

早速グラスに氷を入れて、琥珀《こはく》色の液体を注《つ》いでみる。

「濁ってきたぞ？」

指でカラカラと氷を回した入間のグラスが白く濁ってきたことに驚き、奥村は声を出した。

「アブサンと一緒で水で割ると白濁《はくだく》するんだ」

説明した入間が、グラスをくいっと呷《あお》る。その様子に倣《なら》って、奥村もグラスに口をつけた。

ほんのりとした甘みと、さわやかなアニスの風味が口の中に広がる。

アルコール度数はかなり高い。ウォッカと同じくらいあるだろう。

「どうだ？」

「たしかに口の中がさっぱりするな。夏の呑み物としてはなかなかいいかもしれない」

「プロヴァンスの香りがするだろ？」

そう言って笑った入間が、不意に顔をしかめる。

「おっと、しまった。肝心の乾杯を忘れていた」

ひとりごちるなり、ダイニングテーブルで向かい合う奥村に向かって、グラスを掲げてきた。

「んじゃ改めて、俺たちの一年目に乾杯」

「一年目？」

問い返すと、「ああ」とうなずかれる。

「俺たちが出会って今日で丸一年。去年の今日、あんたがうちの事務所に写真集の依頼に来たのが始まりだからな」

ことともなげに告げられて、奥村は切れ長の目を瞠《みは》った。

「な、なんでそんなこと覚えてるんだ？」

「なんでって、俺にとって生涯の伴侶《はんりょ》と出会った記念すべき日だからな」

さらっと返され、ひくっとこめかみが引きつる。

こいつ……あれか？　顔に似合わず記念日男!?

目の前の大造りな顔をまじまじと見つめる奥村の視線の先で、肉厚な唇がにっと横に広がった。

「ってことは、初エッチから丸一年か」

感慨深い声がしみじみとつぶやく。

「初めはあんなにキツキツだったあんたが、最近じゃすっかり俺に馴染《なじ》んで、前戯《ぜんぎ》もジェルもなしでつるっと根元まで呑み込んじまうんだから、いやー一年ってのは短いようで長……ぎゃあっ、冷てーっ」

一年経《た》ってもまったく進歩のない男にグラスの中の白濁した液体を氷ごとお見舞いした奥村は、大騒ぎする入間に氷より冷ややかな一瞥《いちべつ》を投げた。

「さっぱりしたか？」

「靫也《ゆきや》ー。シャンプー切れたー」

バスルームからの大声の呼びかけに、「甘えた声を出すんじゃない！」とリビングから怒鳴り返す。

「シャンプーくらい自分で取れ」

「もう頭濡《ぬ》らしちまったんだよ。今出たらせっかくきれいな床がびしょ濡れになっちまう」

哀れっぽい声に、奥村はソファから渋々と立ち上がった。入間がシャワーを浴びなければならない原因は自分が作ったので、あまり邪険《じゃけん》にはできない。

しかし、そもそもリキュールをぶっかけられた元凶は、あいつ自身が招いた種だ。

（ったく、なんだってああも一言多いんだ）

黙っていれば、背も高いし、ガタイもいいし、顔だって彫りが深くて、そこそこ男前なのに。

伊達男《だておとこ》風ルックスを台無しにする下世話な言動に舌打ちをしつつ、脱衣所のストック棚からシャンプーを取り出した。浴室のドアを開けると、「サンキュー」と声がかかる。

「………っ」

全裸の男が前も隠さずに立っていることに一瞬怯《ひる》んだが、よく考えてみれば男同士だ。恥ずかしがることもない。

明るい場所で改めて見る、入間の見事な肉体に内心で気圧《けお》されつつ、表面上は無表情を装って、シャンプーのボトルを突き出す。

「ほら」

刹那《せつな》、濡れた手が手首を摑《つか》んできた。そのままぐいっと引かれ、バランスを崩す。

「うわっ」

前のめりにたたらを踏んだ次の瞬間、気がつくと奥村は、全身びしょ濡れの男に抱き締められていた。シャツから染みこむ水分にはっと我に返り、抗《あらが》う。

「放せっ……馬鹿！　濡れる……ッ」

叫んだ直後、ザ――ッとお湯が降り注いできた。入間が片手でカランを捻《ひね》ったのだ。頭からシャワーを浴びた奥村は、入間の胸の中で両目を大きく見開いた。

「…………」

数秒ほど絶句したあとで、自分の身に降りかかった不慮のアクシデントをようやく理解し、元凶である男をキッと睨《にら》み上げる。

「貴様っ」

しかし、入間は動じなかった。どころか、にやりと笑う。

「どーせもうびしょ濡れだ。このまま一緒にシャワーを浴びようぜ」

「ふざけるなっ」

叫びかけた唇を唇で塞《ふさ》がれた。たちまち唇を割り、熱くて獰猛《どうもう》な舌が侵入してくる。酸欠のせいか、はたまたアルコールが回ってきたのか、抵抗する腕に力が入らなかった。

「んっ……む、ん」

口腔《こうこう》内を散々に陵辱《りょうじょく》したあとで、入間の唇が唾液《だえき》の糸を引いてゆっくりと離れる。

「はぁ……はぁ……」

肩で息をあげている間にくるりと身を返され、タイルに両手を突かされた。すかさず背後から覆《おお》い被《かぶ》さってきた入間に、ぴったりと張り付いたシャツの上から乳首を摘《つま》まれる。

「っ………」

首筋にざらりとした髭の感触が触れて、ぞくっと快感が走り抜けた。耳を甘噛《あまが》みしながら、摘んだ乳首を引っ張るみたいに刺激され、堪《こら》えきれない声が漏《も》れる。

「あっ……」

こんな……場所で。立ったままなんて嫌だ。そう思うのに。

この一年で慣らされた、巧みな愛撫《あいぶ》にたやすく追い上げられてしまう。

ベルトを外され、重みでスラックスがすとんと足許に落ちた。もう全身びしょ濡れだ。ぐっしょりと濡れた下着の上から、半勃《はんだ》ちの性器を愛撫されて息を呑む。濡れた生地がまとわりつく感覚が気持ち悪い。だけど、やさしいタッチで擦《こす》られれば、いつもとは違う種類の快感が染み出してきて――そのもどかしさに、奥村は身悶《みもだ》えた。

「あっ、……あぁっ」

やがて下着の中に大きな手が入り込んできて、直《じか》に絡みつく。幾度か扱《しご》かれただけで、入間の手の中の欲望は苦しいほどに張り詰めた。シャワーのお湯とは別のぬめりが、先端から溢《あふ》れる。

「もう……入間」

その懇願《こんがん》に応えるように、ずるっと下着を引き下ろされ、尻の狭間《はざま》に猛《たけ》った欲望を擦りつけられた。その熱さと硬さを知らしめるみたいに、ゆっくりと行き来する。

「んっ……んっ」

「欲しいか？　ん？」

そんなふうに訊きながらも、入間はいっこうに入ってこない。焦《じ》らされた奥村の喉が、こくっと浅ましく鳴った。眦《まなじり》がじわっと潤《うる》む。

「俺が欲しいか？」

昏《くら》く甘い声でふたたび問われ、きゅっと唇を噛み締めた。今まで一度もそれを口にしたことはない。たとえ体は求めていたとしても、言葉では認めたくはなかったからだ。

「言わないとこのままお預けだぞ？」

畜生。死ね。――そう罵ったところで、体の欲求は切実で。

屈辱《くつじょく》に喉を震わせて、奥村はかすれた声を絞り出した。

「欲し……い」

とたん、後孔にすごい圧力がかかる。

「よく言えた。いい子だ」

「あぁっ……」

挿入とほぼ同時に入間が動き始めた。後ろから突き上げられ、激しく揺さぶられて、体が弓なりに反り返る。

「んっ、あっ……あ……ん」

大きく反響する嬌声《きょうせい》に羞恥《しゅうち》を覚える余裕もなく、奥村は上り詰めた。

「で、出るっ……入間っ……あぁっ――」

「俺もだ。……くっ」

密着した硬い体が強《こわ》ばり、体内に熱い放埒《ほうらつ》を感じた瞬間、自らも弾《はじ》ける。脱力した奥村は、その場にぐずぐずと頽《くずお》れた。


「なぁ、そう怒るなよ。悪かったたって。お風呂エッチって夢だったからさー。一周年にちょっとした記念が欲しかったんだよ。心のアルバムに刻むメモリアルっていうかな」

「何が記念だ！　何がメモリアルだ！　そもそもアルバムなんか作るなっ！」

バスルームでセックスしただけでも充分に恥ずかしいのに、中出しされ、その残滓《ざんし》を指で掻き出されたのだ。……男として、これ以上の屈辱があろうか。

「もう二度とおまえの部屋には来ない！」

怒りに震える奥村をバスローブごと後ろから抱き締めて、入間が宥《なだ》めるみたいに揺すった。

「そう言わずにさ。愛してるから。な？……靫也」

奥村の肩がぴくっと震える。腕の中でくるっと回転して、目の前の男を睨みつけた。

「そんな言葉で誤魔化されるわけないだろう！　おまえはなんでもそれでチャラになると思っている節があるがな、逆だ。あんまり安売りされると却《かえ》って萎《な》え…」

「だって、あんたが一回も言ってくれないからさ」

「………っ」

ぐっと詰まった。たしかに、一度も言ったことはない。

(そんな恥ずかしい言葉、男がそう簡単に口にできるか)

「だから、あんたの分も言うんだよ。『愛してる』って」

「…………」

わずかばかりの負い目を感じた奥村が、むっと黙り込むと、入間がにっと笑う。

「いいんだって。別に責めてるわけじゃねぇから。あんた、恥ずかしがりだもんな」

「……恥ずかしがり？」

「ま、そんなところがたまらなくカワイイんだけどな」

奥村のこめかみがひくっと引きつった。

「……だから前にあれほど言っただろうーが」

憤怒に強ばった顔で地を這《は》う低音を落とす。

性懲《しょうこ》りもなく地雷を踏んだ入間が、拳《こぶし》をきつく握り締める奥村にぎょっと目を剝《む》いた。

「ま、ま、ちょお……待て！」

「カワイイ、言うなっ!!」

「せ、せめて顔はやめ……おあっ」

懇願も虚しく顔面に鮮やかなパンチが決まり、図らずもその青痣《あおあざ》は一周年の記念として、入間の顔にメモリアルを刻んだ。

あとがき

ルチル文庫さんでは初めまして。岩本薫です。

この「だからおまえは嫌われる」は二〇〇二年に、他社様からノベルズで出していただいた作品の文庫化となります。

今回、文庫化に当たって数年ぶりに原稿を読み返してみて、文章その他の拙さに衝撃を受けると同時に、当時の自分の迸る情熱にちょっぴり心打たれました。

とにかく、熱くて濃い（笑）。書きたいこと、伝えたいことは溢れんばかりにあるのに、手が追いついていっていない……もどかしい感じ。でもとにかく一生懸命、みたいな。
六、七年前の自分と甘酸っぱい気分で向き合いつつも、一箇所を直すとバランス的に他も手を入れないわけにいかなくなり、結局、全編にわたって満遍なく手を入れました。ストーリーはそのままですが、台詞も大幅に変更しましたし、ほとんど頭から書き直したと言ってもいいかもしれません。できるだけ『勢い』は損なわないよう留意したつもりですが……（そこが実は一番難しかったです）。

そして今回、読み返してみて、新たな発見がもうひとつありました。

奥村って、今にして思うとめちゃめちゃツンデレですね（笑）。当時はそんな言葉自体がなかったような気がするのですが、その頃からこういうタイプの受が好きだったんだなぁとしみじみしました。（凶暴な女王様系ツンに本当に弱い……）

入間も大型犬ヘタレ攻ですし、そういう意味では、このふたりは私の基本萌えカップリングの原形なのかもしれません。

さて、文庫版では九號先生にイラストをお願い致しました。

以前から美しいカラーと格好いい構図に憧れていた先生にお引き受けいただけてすごく嬉しかったです。奥村は色っぽい男前に、入間は暴君ヘタレわんこに、それぞれイメージどおりに表現していただけて幸せです。お忙しいところ、素敵なイラストの数々を本当にありがとうございました！

ノベルズ版でお世話になりました担当様、文庫化のお話をくださいましたルチル編集部の岡本様をはじめ、本書の制作に携わってくださったすべての皆様に、心からの感謝を捧げます。ありがとうございました。

ノベルズ版をすでにお持ちの方、そして文庫版で新しく手に取ってくださいました皆様にも、リニューアルした入間と奥村を楽しんでいただけたら嬉しいです。よろしかったらご感想などもお聞かせください。お待ちしております。

できれば、またどこかでお会いできますように。

二〇〇八年　春

岩本　薫

✦初出　だからおまえは嫌われる………小説b-Boy2001年7月号
素直じゃない男…………………ビーボーイノベルズ
「だからおまえは嫌われる」(2002年8月刊)
素直すぎる男……………………書き下ろし

岩本薫先生、九號先生へのお便り、本作品に関するご意見、ご感想などは
〒151-0051 東京都渋谷区千駄ヶ谷4-9-7
幻冬舎コミックス　ルチル文庫「だからおまえは嫌われる」係まで。

幻冬舎ルチル文庫

だからおまえは嫌われる

2008年3月20日　第1刷発行

✦著者	岩本　薫　いわもと かおる
✦発行人	伊藤嘉彦
✦発行元	株式会社 幻冬舎コミックス 〒151-0051 東京都渋谷区千駄ヶ谷4-9-7 電話 03(5411)6432[編集]
✦発売元	株式会社 幻冬舎 〒151-0051 東京都渋谷区千駄ヶ谷4-9-7 電話 03(5411)6222[営業] 振替 00120-8-767643
✦印刷・製本所	中央精版印刷株式会社

✦検印廃止

ISBN978-4-344-81289-5　C0193　Printed in Japan